KB134110

일상
혁명

책으로 시작된

일상
혁명

DAILY REVOLUTION

손성아 · 문솔미 · 하순자 · 좌윤진 · 윤성진
이수경 · 홍지연 · 황선영 · 최윤영 · 천은정
지음

인간사랑

차례

추천사   11

프롤로그   15

1장 명사들과의 만남

1. 또 보고 싶은 사람 (미라클여신)   21
2. Someday Never Comes! (가슴설렘)   27
3. 운동 친구를 만났다 (긍정러너 하야짱)   33
4. 진실로 원하면 기적을 이룬다 (달콤솔직)   36
5. 환자혁명, 건강혁명 (럽앤그로)   41
6. 그리움 수집가, 림태주 (미라클흰둥이)   45
7. 마흔 여자가 직접 체력을 키워보았습니다 (반빛홍)   50
8. 존리 대표님 덕분에 남편이 달라졌어요 (블레씽메이커 에블린)   53
9. 내 상처의 크기가 내 사명의 크기다 (인생언니)   56
10. 첫 설레임 그리고 꿀보다 달콤한 만남 (지감독 로아)   59

2장 당신에게도 인생을 바꾼 책이 있나요?

1. 47년 인생을 바꾼 한 권의 번개 (미라클여신)   65
2. 한 권의 책, 하나의 행동, 하나의 습관 (가슴설렘)   67
3. 멘토님들과 같은 공간에 있어요 (긍정러너 하야짱)   70

4. 강요하지 않겠다 (달콤솔직)   72

5. 조금씩 함께, 그리고 멀리 (럽앤그로)   74

6. 독서와 함께 하는 지금 (미라클흰둥이)   77

7. 일단, 책을 읽으세요 (반빛홍)   80

8. 빛이 보이는 독서, 함께 하실래요? (블레씽메이커 에블린)   82

9. 엄마는 내가 책을 보면 왜 좋아? (인생언니)   84

10. 까만 어둠을 밝혀준 작은 불빛 (지감독 로아)   86

3장 100세 시대 내 몸 경영 잘 하고 계신가요?

1. 한 대 맞아야 정신을 차린다 (미라클여신)   91

2. 나를 위한 건강한 움직임, 간헐적 단식 (가슴설렘)   93

3. 몸이 명품이다 (긍정러너 하야짱)   95

4. 매일 조금 더 나를 사랑해 (달콤솔직)   97

5. 두근두근 살맛나게 달립시다. 우리! (럽앤그로)   99

6. 몸으로 증명하라 (미라클흰둥이)   102

7. 인생 프로젝트 (반빛홍)   104

8. 운동은 몸과 영혼의 치유제 (블레씽메이커 에블린)   106

9. 운동화를 신기까지만, 딱 거기까지만 (인생언니)   108

10. 건강 이상은 마음을 돌보라는 신호 (지감독 로아)   110

4장 일상을 쓰고 기적을 만나는 글쓰기 함께 하실래요?

1. 진리는 늘 단순하다 (미라클여신)   115

2. 마음 쓰레기통에서 작가 가슴설렘으로 (가슴설렘)   117

3. 뻔뻔하게 글을 쓰자 (긍정러너 하야짱)   119

4. 글쓰기, 약이 되다 (럽앤그로)   121

5. 글쓰기는 내 발등 찍기 (미라클흰둥이)   123

6. 나에게만 줄 수 있는 귀한 선물 (반빛홍) 125

7. 어쨌든 쓰다 보면 글이 길이 된다 (블레씽메이커 에블린) 127

8. 치유의 글쓰기 (인생언니) 129

9. 슬픔을 반짝이게 만드는 마법가루 (지감독 로아) 131

5장 새벽, 당신은 꿈을 꾸고 있나요, 꿈을 이루고 있나요?

1. 새벽 3시의 여인 (미라클여신) 135

2. 페이크모닝, 미라클모닝을 위한 디딤돌 (가슴설렘) 137

3. 미모가 뭔지 아시나요? (긍정러너 하야짱) 139

4. 내가 주인이 되는 시간, '새벽 4시 30분' (달콤솔직) 141

5. 두려운 것도 게으른 것도 아니다. 새벽의 맛을 모르는 것일 뿐
(럽앤그로) 143

6. 나의 n번째 미라클모닝 (미라클흰둥이) 145

7. 새벽달, 함께 보실래요? (반빛홍) 147

8. 내가 꿈을 꾸는 동안 누군가는 꿈을 이루고 있었다
(블레씽메이커 에블린) 149

9. 아침 6분이면 충분하다 (인생언니) 151

10. 결과보다 과정에 집중하는 시간 (지감독 로아) 153

6장 이 세상을 가장 빛나게 하는 것, 사랑

1. 다시 한 번 올인 (미라클여신) 157

2. 단어만으로도 벅찬 사랑 '엄마' (가슴설렘) 159

3. 100배 행복해지는 방법이 뭘까요? (긍정러너 하야짱) 162

4. "괜찮아야, 암쌓도 안해" (럽앤그로) 164

5. 너에게 거리를 주겠다 (미라클흰둥이) 166

6. 나는 당신을 사랑합니다 (반빛홍) 169

7. 세상에서 가장 아름다운 혁명, 사랑 (블레씽메이커 에블린)　171

8. 사랑, 가장 쉬울 수도 있는 것 (인생언니)　173

9. 누구나 사랑하지만 아무나 사랑을 지키지는 못한다
(지감독 로아)　175

7장 끝도 없이 나를 무장해제 시켜버리는 슬럼프, 어떻게 이겨내셨나요?

1. 진짜 슬럼프를 향해 달린다 (미라클여신)　179

2. 가슴 설레는 기적을 만들어준 미라클 어벤져스 (가슴설렘)　181

3. 슬럼프 그게 무엇일까? (긍정러너 하야짱)　184

4. 힘들 땐 그저 버티기 (달콤솔직)　186

5. 날마다 나는 새롭게 태어난다 (럽앤그로)　188

6. 슬럼프가 방울방울 (미라클흰둥이)　190

7. 꽃으로도 나를 때리지 마세요 (반빛홍)　192

8. 실패는 없다. 무수한 시도만 있을 뿐 (블레씽메이커 에블린)　194

9. 같은 점을 찍는 시간 (인생언니)　196

10. 한번 넘은 산은 다시 넘을 수 있다 (지감독 로아)　198

8장 나를 넘는 우리의 힘을 만나보셨나요?

1. 어질고 뜨거운 이들과 함께 하라 (미라클여신)　203

2. 같이 하면 행복해지는 삶 (긍정러너 하야짱)　206

3. 모든 기회는 사람을 통해 온다 (달콤솔직)　208

4. 기적은 귀인을 통해 온다 (미라클흰둥이)　210

5. 기적을 만드는 작지만 강한 비법 (반빛홍)　212

6. 2020년 내게 온 최고의 선물, 북벤져스 (블레씽메이커 에블린)　214

7. 우리는 참 운이 좋아 (인생언니)　216

8. 타인을 통해 알게 되는 것들 (지감독 로아)　218

9장 모든 사람이 나의 인생 스승입니다

1. 나는 내가 만나고 배우는 사람들의 합이다 (미라클여신)　223
2. 고슴도치에서 귀인으로 바뀌준 북벤져스 (가슴설렘)　225
3. 나 또한 누군가의 스승이 된다 (달콤솔직)　227
4. 우주를 구해줘 (미라클휜둥이)　229
5. 나를 흔들어 깨워주신 분이 있습니다 (반빛홍)　231
6. 약해진 게 아니라 사람이 그리운 순간 (지감독 로아)　233

10장 나의 가슴을 설레게 하는 도전, 지금 하고 계신가요?

1. 아무것도 하지 않았던 20여 년보다 더 많은 일을 이루어낸 2년
   (미라클여신)　237
2. 내 삶을 디자인하다 (달콤솔직)　239
3. 우리는 진짜 못해서가 아니라 안 해서 못할 뿐입니다 (반빛홍)　241
4. 도전에게 고백성사 (지감독 로아)　243

11장 내 인생의 과거를 돌아보면 무엇을 후회하나요?

1. 자유와 행복의 아일랜드 (가슴설렘)　247
2. 다시 돌아가면 후회 안할래요 (긍정러너 하야짱)　249
3. 과거야 물렀거라 (긍정러너 하야짱)　251
4. 꾸준함, 가장 빠른 지름길 (달콤솔직)　253
5. 꼬옥 안아줄래요 (럽앤그로)　255
6. 지금 아는 것을 그때도 알았더라면 (인생언니)　257

12장 가슴 뛰는 당신의 미래, 어떤 모습인가요?

1. 5년 뒤, 기적이 아닌 믿음 (가슴설렘)   261

2. 설레는 꿈, 미래, 목표 (긍정러너 하야짱)   263

3. 오늘 하루를 보낸다는 것 (달콤솔직)   265

4. 새로운 생각, 새로운 미래 (럽앤그로)   267

5. 기적이 주문되었습니다 (미라클휜둥이)   269

6. 꿈이 현실이 된 행복한 오늘 (블레씽메이커 에블린)   271

7. 매일 씨앗 뿌리기 (블레씽메이커 에블린)   273

8. 너는 어디로 가고 있니? (인생언니)   275

에필로그   277

저자 소개   285

기적이 일어나는 건 굉장히 어려운 일이다. 근데 기적을 일상으로 만드는 사람들이 있다. 기적은 전염된다. 나 역시 이분들을 만나고 계속 기적이 일어나고 있다.

— 개그맨 겸 작가 고명환

이 책을 사서 읽는 순간, 당신의 삶에 기적이 일어납니다.

— 건강전도사 아놀드 홍

너무 많은 사람들이 힘들어 하고 있다. 삶의 어두운 터널에 갇혀 있으면서 출구를 찾지 못하고 있다. 길은 어디에 있는 걸까? 여기 터널의 어두움을 뚫고 빛을 향한 길을 발견한 사람들의 이야기가 있다. 이들도 한때 길을 몰라 아파한 시간들이 있었다. 그래서 이들의 이야기가 더 다가온다. 더 소중하다. 혼자 가면 힘든 길도 함께 가면 수월하다.

아직 어두움 가운데 있다고 생각이 들면 빨리 이 책을 펼쳐보라!

－『내 상처의 크기가 내 사명의 크기다』 저자 DID마스터 송수용

몇 년 전에 비해 격세지감을 실감한다. 투자와 투기의 차이를 모르던 사람들이 줄고 경제 독립을 이야기하고 주식투자 이야기를 서슴없이 이야기하는 사람들이 늘고 있다. 최근에 한 고등학교 학생이 이메일을 보내왔다. 중학교에 입학하자마자 학원비를 주식에 투자했는데 현재 일억이 넘는 돈을 모았다고 한다. 무척 긍정적인 이야기가 아닐 수 없다. 하지만 아직 갈 길이 멀다. 조금만 주식시장이 떨어져도 안절부절하지 못한다. 주식투자는 즐거운 것이고 필수적인 것이라는 사실을 깨닫는 것은 노력이 필요하다. 북벤져스의 신간은 그 노력의 일환이다.

－ 존리 (메리츠 자산운용 대표)

함께 모여 책을 읽고 글을 쓰고 마침내, 책을 냈다. 누구에게는 쉬운 일이지만 누구에게는 기적 같은 일이다. 그래서 '마침내'는 도약이고, 새로운 시작이다. 벽을 허물고 작가의 길로 들어선 10인의 모험가에게 경의와 찬사를 보낸다.

－ 림태주 (시인, 『너의 말이 좋아서 밑줄을 그었다』 저자)

만남은 눈뜸이다. 새로운 사람과의 눈뜸으로 인생이 바뀐다는 것이다. 기적이란 누구나 아는 좋은 습관의 반복의 결과물이다. 일찍 자고 일찍 일어나기, 운동하기, 독서하고 글쓰기 등이 그렇다. 그걸 모르는 사람은 없지만 막상 그걸 실천하는 사람은 드물다. 이 책은 평범한 사람들이 만나 새로운 사람을 만나고, 좋은 습관을 유지하면서 변화하는 이야기다. 보통 사람에게 좋은 자극이 될 것이다.

– 한근태 작가

뚜렷한 성과도 없고 평범한 일상에 지치셨나요? 기적은 남의 일이라고 생각하고 계시나요? 여기 평범함을 기적으로 바꾼 사람들의 이야기가 있습니다. 새벽에 일어나 책을 읽고 글을 쓰는 것만으로도 삶의 기적은 시작됩니다. 평범한 독서모임에서 미라클 독서모임으로 성장한 '북벤져스'! 그들과 함께라면 일상은 기적이 될 것입니다.

– 염승환 이사 (이베스트 투자증권)

사람은 결국 끝에 가서는 둘 중 하나를 내어놓을 수밖에 없다. 핑계 아니면 성과. 여느 독서모임과 다를 바 없었을지도 모를 북벤져스 멤버들은 핑계 대신 〈책〉이라는 성과물을 세상에 내어놓았다. 글을 읽는 독자에서 글을 쓰는 저자로 모습을 바꾼 그들의 글은 기적이라고 겸손하게 표현하지만, 실은 꾸준함과 습관의 힘이다. 독서를 통한

동기부여를 뛰어넘어 훈련, 절제, 실천, 습관이 삶을 어떻게 바꿀 수 있는지 궁금하다면 꼭 읽어봐야 할 책이다. 그들이 말하는 기적의 비밀이 담겨 있다.

– 『환자혁명』 저자 조한경

프롤로그

2020년 9월 26일, 아직도 그날을 생생하게 기억합니다. "우리 함께 책 써보는 거 어때요?" 제 말에 참석한 모두가 눈을 반짝이며 환호성을 질렀죠. 18명이 손을 번쩍 들었습니다. 이 책은 그렇게 시작되었어요.

맞아요. 이 책은 독서모임 멤버들이 의기투합하여 만든 책이에요. 독서모임 이름이 '미라클 북벤져스'입니다. 특이하죠? 저희끼린 줄여서 북벤이라고도 불러요. 2020년 1월, 북벤져스를 만들고 어느덧 2년이 흘렀습니다. 요즘 제가 하는 가장 무서운 상상이 뭔지 아세요? '그때 내가 북벤져스를 만들지 않았다면?'이랍니다.

북벤져스는 태생이 조금 남다릅니다. 제가 블로그에서 모집한 '미라클 어벤져스'라는 한 달짜리 자기계발 프로그램이 있었습니다. 신청자 대부분이 자기계발을 갓 시작한 분들이셨어요. 첫 모임에서도 느꼈지만, 이분들의 에너지가 보통이 아니었습니다. 그대로 헤어질 수가 없었죠. 책으로 자신과 싸워 이기는 어벤져스라는 뜻으로, 북벤져스는 그렇게 만들어졌어요.

이런 기운을 가진 분들을 모아놓고 평범한 독서모임으로 이끌고 싶진 않았습니다. 그런 제 바람은 번뜩하고 떠오른 아이디어를 실행에 옮기면서 물꼬를 트기 시작합니다. 우리 북벤져스의 첫 책이 당신의 책이라고, 꼭 와주십사 하고 고명환 작가님께 무작정 이메일을 보냈던 때가 떠오릅니다. 그런 제 요청을 흔쾌히 받아주신 고명환 작가님과의 인연은, 그 뒤 여러 명사분들을 모실 수 있는 계기가 됐습니다. 작은 신생 독서모임에겐 상상도 못 할 일이었지만, 진심을 담은 행동은 기적을 낳았어요. 그리고 한 번 시작된 기적은 감사하게도 꼬리에 꼬리를 물었습니다.

우리 북벤져스가 남달랐던 점이 명사분들을 모시는 것만은 아니었어요. 우린 한 달에 한 번 만나 책을 이야기하고 저자를 만나고, 밥도 함께 먹었습니다. 책만 읽고 헤어지는 독서모임이 아니었어요. 책을 매개로 우린 가족이 되어갔습니다. 어떤 모임이든지 주인공은 사람이잖아요. 사람이 좋으면 그곳에 더 가고 싶은 게 인지상정이지요. 코로나로 지난 몇 달은 그런 시간을 가질 수 없었지만, 그래서 우린 서로를 더 그리워했습니다. 주위에 책 이야기를 꺼내면 말이 통하는 사람이 얼마나 있던가요? 찾기 힘들죠. 우린 그래서 말이 통하고, 마음이 통하는 서로가 더 그리웠습니다. 지난 2년 동안 우리는 단짝 친구보다 더 친구 같은 그런 사이가 되어갔어요.

이 책을 쓰게 된 이야기로 돌아와 볼까요. 초짜들이 마음만 앞섰던 것을 부인할 수 없습니다. 일단 저부터요. 책 한번 써보지 않은 사람이 무리를 이끌고 공저라니요. 원래 무식한 사람이 용감하다고, 제가 딱 그 짝이었습니다. 하지만 우리가 함께 성장한 이야기를 아는 저로선 너무나 꼭 해보고 싶은 프로젝트였어요. '함께'의 힘으로 성장했으니, 함께 책을 내면 얼마나 의미 있겠어요.

함께 책을 쓰겠노라 번쩍 손을 든 18명을 단톡방에 모았습니다. 그렇게 시작된 프로젝트는 여러 번의 회의를 거쳐 콘셉트를 잡고, 형식을 정하고, 주제들을 뽑으며 인원 조정과 함께 틀이 잡혀 나갔습니다. 그간 책을 읽으며 각자에게 유독 깊이 다가왔던 책 속의 명문장을 뽑자고 했어요. 그와 관련된 본인의 이야기를 풀어보자고 제안했습니다. 이 책에는 그렇게 10명이 100편의 이야기를 담았습니다. 별도로 명사 편에는 저자분들이 오셨던 당시를 떠올리며 한 명씩 맡아서 10분의 이야기를 담아보았고요. 이 각각의 에피소드 안에는 나이는 사오십대지만, 이제 갓 책을 읽기 시작한 독서신생아들의 성장기가 고스란히 담겨 있습니다. 나이 들어서도 내가 멈추지 않고 성장하는 걸 지켜본다는 게 어떤 느낌인지, 스스로에 대한 기특함과 감격스러움을 기록으로 간직하고 싶었습니다.

시간은 목숨이라고, 제가 좋아하는 어느 작가님께서 하신 말씀이 떠오릅니다. 그 귀한 목숨을 저희에게 내어준 분들이 계십니다. 지금은 제가 오라버니로 부르는 고명환 작가님부터 아놀드 홍 대장님, 송수용 대표님, 김승호 회장님, 존리 대표님, 림태주 작가님, 최호진 작가님, 한근태 작가님, 염승환 이사님, 이영미 작가님, 조한경 원장님, 박세니 대표님, 손미나 작가님, 안상헌 작가님, 조연심 대표님, 이영훈 원장님에 이르기까지 모두 우리의 요청을 흔쾌히 받아주시고 기꺼이 시간을 내어주셨습니다. 이 책의 지면을 빌어 다시 한번 감사하다는 말씀을 올립니다. 이 저자분들께서 저희 북벤져스에 쏟아주신 열정 덕분에 용기를 얻을 수 있었고 각자의 갈 길에 나침반을 얻을 수 있었습니다.

저는 인연이 전부라고 생각합니다. 책과의 인연, 북벤져스와의 인연, 저자분들과의 인연, 그 인연들이 베틀 안에서 씨줄 날줄로 얽히고설켜 우리의 앞날을 탄탄하게 짜나간다고 믿습니다. 북벤져스가 책을 시작으로 이런 기적 같은 인연을 엮어가고 있듯이, 독자 여러분에게도 그런 인연들이 닿길 바랍니다. 이 책을 펼치셨으니 이미 그 인연은 시작된 것 같지만요.

마지막으로 제가 좋아하는 문장 한 구절을 인용하며 끝을 맺으려 합니다.

"나의 모든 것이 누구를 만나느냐에 따른 결과니 의롭고 믿을 만하며 덕이 있는 사람을 따라 움직이고 주변을 그와 같은 사람으로 채워나가야 한다. 인연이 바로 당신이다."

– 『알면서도 알지 못하는 것들』 김승호

제겐 그와 같은 사람들이 북벤져스입니다.

북벤져스 대표 미라클여신

1장

명사들과의

만남

1.
또 보고
싶은 사람

(미라클여신)

사람에겐 누구나 제각기 가지고 있는 기운이라는 것이 있다. 다행인지 불행인지 그건 전염된다. 그러니 살면서 항시 좋은 기운을 뿜어내는 이들 곁에 있어야 한다. 그런 이들을 가까이하고 그런 기운을 받으려는 노력이 몸에 배면 무의식적으로 그런 사람들을 끌어당기게 된다. 내가 북벤져스에 끊임없이 명사분들을 모시려고 하는 이유 중 하나다. 자신의 분야에서 일가를 이룬 분들의 그것이 남다를 것임은 두말할 필요가 없지 않을까. 적어도 내가 그간 북벤져스에 모신 분들은 그러했다.

작년 이후 코로나19로 인해 가장 큰 변화를 맞이한 분야를 손꼽아보라면 단연코 주식시장이 1순위일 것이다. 코로나 덕분에 늘어난 유동성, 특수한 상황 속에 갈 곳을 잃은 자금들은 매 분기 예탁고 기록을 갈아치우며 주식시장으로 몰려들었다. 어린 자녀들에게 주식계좌를 개설해주는 대유행이 일었고, 평소 주식에 손대면 패가망신하는 줄 알던 사람들조차도 주식 공부를 하기 시작했다. 작년은 여러모로 한국 주식시장에 큰 획을 그은 역사적인 해였다.

그렇게 폭발적으로 늘어난 한국의 주린이들에게 등불 같은 존재가 있었으니, 바로 염블리라는 애칭으로 더 유명한 염승환 이사님이다. 우리 북벤져스에게는 독서모임인데도 불구하고 그를 잘 알 수밖에 없는 특별한 사연이 있다. 작년 8월, 북벤져스에 방문한 김승호 회장님이 경제 공부법을 묻는 누군가의 질문에 삼프로TV를 추천하신 적이 있다. 그 후 북벤져스 가족들은 삼프로TV의 열혈팬이 되었으니, 그 채널에 매일 아침 고정 출연하시는 염승환 이사님을 모를래야 모를 수가 없는 것이다.

누군가를 매일 본다고 저절로 정이 들진 않는다. 그의 방송을 애청하는 사람들은 알겠지만, 정이 가는 사람에겐 그럴 만한 이유가 있다. 북벤져스 가족들은 삼프로TV를 보면서 염승환 이사님의 매력에 가랑비에 옷 젖듯 젖어 들고 있었다. 그러던 중, 올해 초 그분이 책을 냈다는 소식이 들려왔다. 제목을 보는데 이렇게 감사할 수가. 『주린이가 가장 알고 싶은 최다 질문 TOP 77』이라니. 읽어보니 그토록 친절할 수가 없었다. 찐주린이인 내게도 어려움 없이 술술 읽히는 책이었다.

북벤져스 가족들에게도 도움이 될 것 같아 단톡방에 이 책을 추천했다. 마치 기다렸다는 듯 염블리를 모셨으면 좋겠다는 댓글들이 속속 올라왔다. 별명이 증권가의 유재석이라고 하더니 우리 북벤져스에서도 그분에 대한 애정은 남달랐다.

나 또한 너무나 뵙고 싶은 분이었는데 멤버들도 같은 마음이었다니. 망설일 이유가 없었다. 그의 이메일 주소를 알아내어 장문의 편지를 보냈고, 다음 날 비서인 듯한 분으로부터 연락을 받았다. 일정을 전해 들으니, 내 들이댐이 민망해질 정도로 여기저기 촬영에 눈코 뜰 새 없이 바빠 보였다. '이 정도로 바쁜 분을 일개 독서모임에서 아무런 특강비도 없이 모시겠다고?' 무리수를 둔 것 같다고 자책이 드는 찰나, 그분은 흔쾌히 참석하겠다고 뜻을 전해오셨다. 명사분들의 초대 소식이 전해질 때마다 늘 그렇지만, 덕분에 그날도 북벤져스 단톡방은 한 차례 난리법석이 일고 지나갔다.

지금 생각해 보면 아찔하다. 모셔놓고 그런 대접이라니. 모임 당일, 15분 전에 도착한 이사님께 나는 커피 한 잔도, 숨 고를 시간도 드리지 않았다. 그저 바쁜 분의 시간을 1분이라도 아껴야 한다는 생각이 앞섰으리라. 자리에 앉으시자마자 대뜸 사인과 포토타임부터 부탁을 드렸다. 그럼에도 그는, 줄 서서 차례차례 책을 내미는 멤버들에게 한 사람 한 사람 이름을 물어가며 사인을 하고, 쑥스러우면서도 환한 웃음으로 카메라에 눈을 맞춰 주셨다.

이날은 우리가 질문을 하고, 각각의 질문에 그분이 답변하는 형식으로 진행되었다. 사전에 비서분을 통해 약속한 시간은 질의응답 1시간가량에, 사인과 포토타임으로 30분 정도였다. 15분 정도 먼저 오신 덕분에 미리 사인과 포토타임을 가졌음에도, 모든 일정은 2시간이 훌쩍 넘어서야 겨우 끝이 났다. 그러나 단 한 순간도 불편해하거나 시간에 쫓기는 표정은 읽을 수 없었다. 마치고 우리와 함께 엘리베이터를 타고 내려가는 순간까지도 온화하고 사람 좋은 표정이었다. 2시간 내내 이어지는 질문 하나하나에 어찌나 정성 들여 설명해주시는지. 삼프로TV에서 보아온 그분의 모습에 익숙해져 있는 우리는 단박에 알 수 있었다. 우리 눈높이에 맞춰 더 신경 써서 설명해주고 있다는 것을.

멤버 중 한 분이 경제 공부에 도움이 될 만한 책을 추천해달라는 청을 드렸다. 잠시의 망설임도 없이 흔쾌히 나를 통해 책 리스트를 보내주겠다고 하시더니 모임이 끝나자마자 카톡이 날라왔다. '투자 대가들이 추천하는 투자책들'이라는 제목으로 40여 권이 넘는 책들이 적혀있는 리스트였다. 생각지도 못한 선물이었다.

나는 매달 모임 때마다 책을 한 권 준비한다. 그날 참석한 멤버 중에서 추첨하여 뽑힌 분에게 드린다. 작은 재미다. 추첨한다는 의미에서 로또북이라고 이름을 붙였다. 그분이 공저로 쓴 책 '미스터마켓'이 그날 내가 준비한 로또북이었다. 그날은 추첨을 하지 않고 게임을 했다. 모든 질의응답이 끝난 후 그분께 질문을 했던 멤버들만 일어나게하여 단체로 가위바위보를 시켰다. 그분께 이긴 사람만 살아남는 식으로 몇 번의 가위바위보를 거쳐 최종 로또북의 주인을 선정했다. 우린 그렇게 염승환이라는 사람과 다정하게 가위바위보도 한 사이가 되었다.

그래서일까. 그날 마치고 감사 인사를 드렸더니 본인도 너무 좋았다며 이런 자리 만들어줘서 고맙다고 오히려 내게 감사를 표해오셨다. 나는 이때다 싶어 연말에 한 번 더 와주십사 청했고 그는 흔쾌히 웃으며 그러겠다고 했다. 우리 북벤져스에 오는 분들은 대부분 한 번 오시면 그 분위기에 반해서 언제든 또 오겠다는 말을 남긴다. 우리 북벤져스만의 그런 매력 덕분에 내가 여러 명사분들께 용감하게 들이댈 수 있다는 사실을 우리 멤버들은 아는지 모르겠다.

난 저자를 모실 때면 정보보다는 사람을 얻으려 한다. 물론 저자에게 질문을 드리다 보면 책에서는 못다 한 이야기, 알토란같은 정보를 얻을 때도 많다. 난 그보다는, 직접 만나서만 느낄 수 있는, 그 사람만이 주는 반짝임을 캐치하려 한다. 그날 그분은 주식과 산업을 보는 눈 등 여러 이야기를 들려주셨지만, 난 그분의 성공과 지금의 모습을 만든 그 모든 것을 관통하는 한 가지를 느낄 수 있었다. 바로 꾸준함이었다. 아무것도 하지 않고 저절로 일어나는 기적은 없다. 염승환 이사님은 그즈음 소속된 회사에서 부장으로 승진도 하고, 두 권의 책을 연달아 출간하셨다. 개인적으로 낸 책은 나온 지 한 달 만에 90쇄를 넘게 찍는 초대박 행진을 기록하고 있었다(몇 개월 후 올해 7월 그는 다시 이사로 승진하셨다.) 누가 봐도 그 당시 염승환이라는 사람은 운이 활화산처럼 폭발하고 있는 분이었다. 누군가는 그분께 지금 대운이 들었다고 할 수도 있겠다. 하지만 그걸 단지 운이라고만 할 수 있을까. 십 몇 년간 하루도 빠짐없이 주식시장을 분석했다는 그분께 그동안 쌓였던 기적이 몰아쳐 온 거라고 나는 생각한다. 그 활화산처럼 폭발하는 운은 우연이 아니라 그의 꾸준함이 가져온 기적이었다.

책만 읽어도 되는 독서모임에 내가 굳이 저자분들을 모시려고 하는 이유가 그것이다. 그들이 각자의 삶에서 어떻게 기적을 이루어 낼 수 있었는지를 배우고 느끼고, 그들이 뿜어내는 기운을 온전히 받아

내 것으로 만드는 것. 살면서 그만큼 귀한 경험이 있을까. 책을 읽는 것만으로는 절대 얻을 수 없는 가치를 우리 북벤져스가 얻어가길 바라는 마음, 그것이 내가 오늘도 모시고 싶은 저자분을 찾아 책을 읽는 이유다.

아직도 그날의 정성 어린 목소리가 귀에 선하다. 사람이 주는 느낌이라는 것이 있다. 그는 '이 사람 정말 잘 되었으면 좋겠다'고 마구마구 응원하고 싶은 그런 사람이다. 그래서 또 보고 싶은 사람이고.

2.
Someday
Never Comes!

(가슴설렘)

2020년 12월. 지인의 추천으로 한근태 작가님의 『일생에 한 번은 고수를 만나라』를 읽으며 작가님과의 인연이 시작되었다. 그동안 얇은 책, 읽기 쉬운 책들만 골라 읽었기에 편식 없이 독서를 시작한 지 얼마 되지 않았다. 그래서 책 제목과 내용 생각하기에도 벅찼고, 작가님이 누구신지 신경을 쓰지 못했다. 하지만 이 책을 읽고, 작가님이 누구신지 궁금해졌다. 책을 읽다 보니 제목처럼 이미 많은 고수분들을 만나셨고 간간이 작가님의 이야기도 나오는 걸 생각해 봤을 때, 사회적으로 꽤 높은 지위에 계시고, 학식도 풍부하신 분 같았다. 그래서 저자 약력을 찾아보니, 서울대 졸업에 외국에서 석·박사 학위, 대기업 최연소 이사까지 하시던 대단하신 분이셨다. 하지만, 책에서 상대방을 더 높게 평가하시고 본인을 내세우지 않으시는 겸손한 모습으로 비록, 1권의 책이지만 한근태 작가님의 매력에 빠져들었다.

난 상대방을 만나면 중시하는 부분이 있는데, 바로 '겸손'이다. 그 이유는 예전에 내가 25개국 여행을 하며 말도 안 되는 자신감이 생겼을 때, 여행지에서 중년의 수수한 한국인 한 분을 만났다. 오고 가는 대화 속에서 그분의 품성과 품격, 언행에서 여행에 대한 깊은 내공을 느낄 수 있었고, 알고 보니 이미 60개국을 여행하신 대단한 분이셨다. 그걸 알고 난 뒤 그분의 겸손함에서 오는 존경과 동시에 가벼운 나의 말들과 행동이 부끄러워졌다.

그 이후 겸손한 사람이 되자는 다짐을 했고, 비록 책 한 권이지만, 이 책을 통해 한근태 작가님을 알게 되었고, 작가님과 같은 생각, 경험, 연륜, 큰 인품을 가지고 계심에도 불구하고 겸손하신 분을 볼 때면 감동이 두 배가 되고 내 눈엔 큰 존경의 하트가 뿅뿅거렸다.

그래서 이 책을 읽고 한근태 작가님이 인터뷰하신 부분이나 영상이 나온 부분을 다 찾아보았다. 정말 따뜻하고 진실된, 본받고 싶은 진짜 어른 같은 느낌이 들었고, 언젠가 한 번 뵈었으면 정말 좋겠다 하는 생각이 들었다. 그러던 중, 2021년 3월, 한근태 작가님을 실제로 뵐 수 있는 기회가 생겼다.

역시 북벤져스!! 미라클여신님의 능력으로 북벤져스를 통해 한근태 작가님을 뵐 수 있었다. 명사님들마다 각자의 스타일이 있으시지만, 한근태 작가님 같은 경우는 처음이었다.

『당신이 누구인지 책으로 증명하라』를 먼저 읽고 내가 누구인지와 작가님께 궁금한 점을 작가님 개인 연락처로 개별 연락을 드리는 게 미션이었다. 무료 강연을 오시면서 미리 만날 사람들을 신경 써주시고 그들의 궁금증을 미리 파악하시다니 그토록 기다린 보람이 있구나 싶었다.

세상의 유혹에도 흔들리지 않는다는 불혹의 나이를 앞둔 난, 세상의 모든 유혹과 흔들림을 온몸으로 받아들이고 힘든 시간을 보내고 있던 찰나였다. 사실 내가 누구인지, 그동안 내가 무엇을 하고 지냈는지, 지금껏 나의 삶은 바른 선택이었는지 고민만 하다 흐지부지되고 있었다. 그러다 이 책을 읽으면서 내가 누구인지를 생각해 보았지만 역시 쉽진 않았다.

하지만 알아서 쓰는 게 아니라 쓰다 보면 다 알게 된다는 책의 내용처럼 나에 대해 쓰기 시작하니 구름에 가려 막막했던 나의 고민들이 조금씩 가닥이 보이기 시작했다. 그래서 만남을 하루 앞두고 내가 어떤 사람인지, 나의 고민에 대해서 연락을 드렸고, 내일 만나서 더 이야기하자는 답변까지 주셨다. 야호!

다음 날, 설레는 마음으로 북벤져스 모임 장소로 갔다. 강연은 10시였지만 작가님은 미리 오셔서 너무 편안한 모습으로 사인과 함께 사진도 찍어 주고 계셨다. 너무 반가운 마음에 바로 달려가 내 소개를 드렸다.

세상에나. 작가님은 미리 연락한 사람들의 이름과 메시지 내용을 요약해서 노트에 적어 챙겨보고 계셨다. 그래서 이름을 말씀드리니 아~ 하시며 유쾌한 미소와 함께 눈까지 맞춰 주시며 아직 어리다고 걱정 안 해도 된다며 말씀해주시고 사인을 해주셨다.

감동이었다. 마치 어린 시절 연예인이 내 이름을 불러주는 느낌이었다. 맞아! 작가님은 유명 인사셨지! 깜박했네! 그리하여 시작된 강연에서 작가님은 유쾌하신 성격만큼 궁금한 부분을 시원하고 쉽게 말씀해 주셨다. 66세란 숫자가 무색할 만큼 너무 젊으시고, 자기관리도 철저하신 멋진 어른이시며 작가셨다.

한글, 영어, 한자 등 다양한 단어를 사용하기 위해 끊임없이 공부하시고, 요즘엔 한자의 재미에 빠지셨다는 작가님. 한자를 재미로 공부하시다니, 역시 다른 레벨이셨다. 시험을 위해 외우는 한자 공부가 아니라 획, 뜻, 한자들의 조합으로 만들어진 의미를 분석하고 재밌는 이유를 설명해주셨다.

예를 들어 '불쌍하다'에서 '불쌍'은 한자인데, 한자로 풀이하면 '짝(쌍)이 없는 사람'이란다. '불쌍'이 한자인 것도 놀란 데다, 짝이 없는 것을 '불쌍'이라고 하니, '불쌍'이라는 뜻이 쉽게 와 닿았다. 이렇게 한자 풀이를 들으니 한자도 재밌고 뜻도 잘 이해하게 되었다. 이래서 즐기는 사람을 따라갈 수가 없구나 하는 생각이 들었다.

그리고 작가님은 벌써 40권이 넘는 책을 집필하시고 아직도 '지식냉장고'에 다양한 주제로 많은 내용을 넣고 계신다고 하셨다. 그리고 우리에게도 각자의 '지식냉장고'를 만들라고 말씀해주셨다. '지식냉장고?' 처음 들어보는 단어에 뭐지? 하는 생각이 들었다. 하지만 단어를 곰곰이 생각해 보면 이해하기 쉬우면서도 모든 걸 함축하고 있었다. 그렇다면 나의 '지식냉장고'에는 뭐가 들어 있을까? 신선하고 좋은 재료의 지식들? 유통기한이 지나 버릴 수밖에 없는 지식들? 무언가 넣어만 놓고 정리가 안 된 지식들? 아님, 텅 빈 지식냉장고? 지금껏 나에게

'지식냉장고'가 존재했는지도 몰랐다. 텅 비어 있을 것 같은 나의 '지식냉장고'라 어렵긴 하지만, 오히려 하나씩 채우는 재미가 쏠쏠할 것 같다. 작가님의 다양한 얘기를 들으니, 작가님의 관점에서 바라본 세상은 정말 재밌고, 흥미로울 것 같다는 생각이 들었다.

작가님의 강의를 듣는 1분 1초는 너무나 배울 게 많은 알찬 시간이었다. 그중 나의 마음에 꽂힌 문장이 있는데, 작가님이 좋아하시는 문장이라고 하셨다.

'Someday never comes!'

우리가 살면서 언젠가 하겠지 하며 미루지만, 결국엔 하지 않는 일들이 많다. 언젠가는 절대 오지 않으니 지금 당장 행동으로 옮기라는 나의 게으름에게 보내는 따끔한 충고! 뭉그적거리는 엉덩이를 발로 팍팍 차주는 느낌의 문장이었다.

집에 돌아오는 길에 나의 프로필 문구를 이 문장으로 바꾸고 책상 앞에도 붙여 두었다. 언젠가는 오지 않으니 지금 당장 행동으로 옮기고 행복하게 살아보자! 그래서 다양한 경험을 해보기 위해 두렵지만 오늘도 나아가고, 부족한 글솜씨지만 작가님을 만난 행복한 마음을 이렇게 글로 옮겨본다.

아! 혹시 이런 말 들어봤는가? 한근태 작가님 책을 안 읽어 본 사람은 있어도 한 권만 읽어본 사람은 없다고? 그 정도로 작가님의 책을 읽다 보면 절로 책에 밑줄을 긋고 귀퉁이를 접게 되는 좋은 내용이 너무나도 많다. 나도 아직 다 읽어보진 못했지만, 지금까지 나온 40여 권을 다 읽는 그 날까지 계속 도전하겠다. 왜냐하면 언젠가는 오지 않으니까.

3.
운동 친구를
만났다

(긍정러너 하야짱)

북벤져스에서 『간헐적 단식? 내가 한번 해보지』 저자이신 아놀드 홍 대장님을 초대했다. 그때 나는 바디 프로필 도전으로 한참 운동에 재미를 느끼던 때였다. 그래서 아놀드 홍 대장님과의 만남을 많이 기대하며 북벤져스 모임에 참석했다.

그날 대장님의 첫인상은 아직도 잊히지 않는다. 신장이 180센티가 넘으신 분이 배트맨 쫄티에 군복 바지, 발목까지 길게 올라오는 군화를 신고 큰 가방을 등에 메시고 들어오시는데, 도저히 50대라고는 믿어지지 않게 몸이 탄탄해 보였으며 자세와 걸음걸이 모든 게 내 눈에는 멋있게 보였다.

자리에 앉으시더니 몸에 대해 궁금한 게 있으면 무엇이든 물어보라고 당당하게 말씀하시는 모습에서 풍기는 카리스마가 대단했다. 지금 생각해 보니 건강한 체력에서 오는 당당함이었던 것 같다.

그때 "바디프로필을 찍으면서 운동에 재미를 느끼고 열심히 하고 있는데 나이가 있다 보니 얼굴 살이 너무 빠져서 주위에서 나이 먹고 너무 운동해도 보기 안 좋다고 하는데 이럴 땐 어떡할지 고민이다"라고 질문하니 "그분 운동하시냐? 운동도 안 하시는 분들이 꼭 그런 말을 한다. 지금 살 빼고 멋있어지려 하니 부러워서 하는 소리다. 신경 쓰지 말고 지금처럼 꾸준히 운동하시면 된다!"라고 거침없이 대답을 해주셨다.

나는 웃으며 "네! 알겠습니다"라고 했고 그 인연으로 아놀드 홍 대장님이 계시는 헬스장에서 운동을 시작하게 됐다. 대장님의 와이프가 나와 동갑이라서 그런지 대장님과 나는 대화가 잘 통했고 서로 '으쌰, 으쌰' 하며 재미나게 운동하는 시간을 보냈다.

그렇게 운동하던 중, 나는 턱걸이를 혼자서 1개라도 하고 싶다고 했고 대장님이 못할 게 뭐 있냐 한번 도전해 보자고 해서 매주 턱걸이 연습을 시작했다. 처음 턱걸이 연습을 했을 때는 혼자서 옷도 못 입을 정도로 온몸이 근육통이 와서 고생은 했지만, 운동을 제대로 한 느낌이 들어서 기분은 좋았다.

6개월 정도 턱걸이 연습했을 때 드디어 혼자서 턱걸이 2개를 성공했다. 그때 기분은 말로 표현이 안 된다. 해본 사람만이 이 기분을 느낄 수 있을 것이다. 대장님은 나이 50 중반의 일반인 여성이 턱걸이를 혼자서 하는 건 드물다고 칭찬을 많이 해 주셨다.

대장님 인스타에 나의 운동하는 모습을 간간이 올려 주셨는데 인친들이 나의 턱걸이하는 모습이 멋지다고 하트도 많이 보내준다며 우리 더 열심히 운동하자고 하셨다.

또 하나 도전한 것은 처음 운동을 시작할 때 데드리프트 50킬로도 못 들던 내가 운동 시작 후 100킬로를 도전해서 성공했다는 것이다. 이렇게 대장님과 재미나게 운동을 하다 보니 내 몸도 점점 멋지게 변화했다.

항상 운동하는 나한테 용기를 주시고 칭찬도 많이 해주시니 포기하지 않고 재미나게 여러 분야에 도전하면서 기분 좋은 결과를 얻을 수 있었던 것 같다.

대장님은 매일 새벽 4시에 기상, 5시면 헬스장에서 하루를 시작하며 하루 2만보 이상 걷기를 하시고 지금도 여전히 후배들과 각종 대회를 준비하시면서 운동을 게을리하지 않으신다. 나이 50세에도 매주 인바디를 재면 체지방이 10% 내외이니 꾸준히 몸 관리하시는 모습이 존경스럽다.

북벤져스 독서모임을 통해 평소 롤모델이었던 아놀드 홍 대장님과 운동할 수 있는 행운을 얻었으니 열심히 해서 청출어람이 될 수 있도록 노력해야겠다.

4.
진실로 원하면
기적을 이룬다

(달콤솔직)

'『돈의 속성』 저자가 직접 찾아가는 독서모임 이벤트'

김승호 회장님의 인스타 이벤트를 보고 신흥 독서모임인 우리 북벤져스가 신청하지 않았을 리가 없다. 미라클여신님의 주도 아래 김승호 회장님의 사진을 넣은 배너와 현수막을 준비하고 손재주 좋은 로아님이 스노우폭스 모양 엽서 제작을 하셨다. 그 스노우폭스 엽서에 우리들 모두 각자의 마음을 담아 정성껏 편지를 썼다. 북벤져스 단톡방에서는 새벽마다 기상 알람처럼 "북벤져스에 김승호 회장님이 오셨다!"라고 외치며 그날이 되기만을 손꼽아 기다렸다.

2020년 8월 1일 오전 10시. 설레는 마음으로 기다렸건만 10시 10분이 넘어가도록 회장님은 오시지 않았다. 무수히 많은 독서모임에서 신청했을 거라 생각은 했지만, 막상 오시지 않으니 다들 적잖이 실망한 얼굴이었다. 짧은 한국 방문 기간동안 회장님의 원픽에 들어간다는 것은 엄청난 경쟁률을 뚫고 BTS 콘서트 좌석을 예매하는 것만큼이나 어려운 것이리라. 설마했지만 인스타그램에서 실시간으로 확인된 회장님은 역시나 다른 독서모임에서 말씀 중이셨다.

한껏 들떴던 마음은 눈 녹듯 사라졌고 화려하게 꾸몄던 우리들의 아지트는 갑자기 썰렁하게 보였다. 뭔가 내색하면 섭섭한 마음이 드러날까 서로에게 조심해 가며 차분히 독서 소감을 얘기해 나갔다. 이때의 기분은 수능 점수에 상관없이 최선을 다해 공부하고 수능을 치른 고3의 느낌이랄까, 짝사랑하던 아이에게 당당히 마음을 고백해 버린 느낌이랄까. 솔직히 서운했다. 정말로 이대로 끝나는 건가 싶었다.

하지만 북벤져스의 멘토 중 한 분이자, 김승호 회장님의 사장학 제자이기도 한 헬스 트레이너 아놀드 홍님이 유쾌한 건강학 강의를 해주셔서 우리는 다시 씩씩한 북벤져스로 돌아왔다. 기대가 어그러졌지만 그래도 똘똘 뭉친 듯한, 나 혼자만이 아닌 독서모임 북벤져스라는 기분!

나중에 안 사실이지만, 이날 독서모임 후 미라클여신님은 끝까지 희망의 끈을 포기하지 않고 우리의 정성을 담은 엽서들을 모아 김승호 회장님의 비서님께 전달했다고 한다. 더 놀라운 사실은, 그냥 버려도 되었을 이 엽서들을 김승호 회장님이 직접 읽어보았다는 사실이다. 정말 믿을 수가 없는 일은 회장님이 "이 독서모임에는 꼭 가 봐야겠다"며 연락을 먼저 주신 것이다. 이것이 기적이 아니고 무엇일까?

일주일 후 8월 7일, 김승호 회장님과 북벤져스의 상봉의 날! 약속

시간인 저녁 7시가 다가올수록 가슴이 터져나갈 것만 같았다. 김밥 파는 CEO, 생각의 비밀, 돈의 속성까지 읽는 책마다 진솔한 글로 나를 매혹시킨 유명 작가이자 기업가인 김승호 회장님을 눈앞에서 볼 수 있다니! 정말 회장님은 딱 7시 정각에 강의실 문을 열고 들어오셨다. 강의는 물론 정확히 시간을 지키는 것부터 사진을 찍어 주는 분까지 배려하는 세심함에, 이 자그마한 정성들이 모여 김승호 회장님을 대단하게 만드는 것이 아닌가 생각하게 되었다.

강의는 40여명의 북벤져스 멤버들이 돌아가며 소감이나 질문을 하면 회장님이 우문현답 같은 대답을 해주시는 방식으로 진행되었다. 두 시간이 꿈처럼 지나가는 동안 내 마음에 박힌 보석 같은 말씀들을 기록해 본다.

Q. 회장님은 슬럼프를 어떻게 이겨내셨나요? 지금 저는 슬럼프에 빠진 것 같아요.

"슬럼프? 나에게는 슬럼프가 없었습니다. 슬럼프가 올 것 같은 기분이 들면 바로 운동화를 신고 나가서 뛰었지요. 마음의 병은 몸으로 치료하는 것이 빠릅니다."

Q. '회장님 책으로 필사를 합니다'라는 누군가의 말에 정곡을 찌르는 말씀을 해 주셨다.

"책 전체를 필사하며 새기는 것도 좋은 방법이지만, 그보다는 본질을 잊지 말았으면 합니다. 나는 제자들에게 가르침의 본질을 이해하고, 스승을 딛고 넘어서라고 하지요."

Q. 7번의 실패는 하셨지만, 그 후로 어떻게 손대는 사업마다 잘 되시는 걸까요?

"나는 모르는 영역은 건드리지 않습니다. 많이 실패해 보세요. 그중에서 딱 한 번만 성공하면 됩니다. 행운은 어쩌다 누군가에게 찾아오는 것이 아니라 그냥 둥둥 떠다니는 것입니다. 목표가 명확한 사람만이 그 운을 잡을 수 있지요. 내가 돈을 버는 목적은 가족부양이 첫 번째이고. 두 번째는 내 인생을 나에게 선물하고 싶은 거예요."

Q. '사업을 하고 싶습니다. 어떻게 시작하면 좋을까요?'라는 질문에는 회장님의 원칙을 이야기해 주셨다.

"난 도시락을 팔려고 '스노우폭스 그랩&고'를 만든 것이 아닙니다. 구조를 팔 생각으로 만든 것입니다. 사업 아이디어가 있다면 그 업종이 이미 있는지부터 알아보십시오. 만약 있었는데 망했다면, 망한 이유를 분석하십시오. 시장에서 찾고 공부하시길 바랍니다. 사업 아이디어는 길만 걸어가다 보아도 흘러넘칩니다."

특히 마지막에 하신 말씀이 아직도 기억에 남는다. 이런 모임은 미국에도 없고, 이렇게 다양한 연령대와 성별이 함께 모여 북벤져스를 만든 여러분이 참 부럽다고 말이다. 약속한 시간을 꽉 채우며 해주시는 말씀마다 사람을 귀하게 여기는 회장님의 진실한 마음이 전해져 왔다.

지난주, 우리가 신청한 시간에 예정대로 김승호 회장님을 만났더라면 그저 운이 좋았구나 싶었을지도 모른다. 그런데 회장님이 따로 시

간을 내어 이 모임에 꼭 가보고 싶다는 마음을 갖게 된 건 그동안의
북벤져스의 정성과 노력 덕분이 아니었을까.

진실로 간절히 원하고 행동으로 옮긴다면, 기적을 이룰 수 있다는
것을 생생히 실감한 시간이었다.

5.
환자혁명,
건강혁명

(럽앤그로)

만성피로, 내 건강의 가장 큰 문제였다. 설탕을 줄이고, 운동을 하고, 건강한 음식을 먹고, 물을 많이 마시라는 충고는 전에도 들었지만, 마치 바른 방향을 가리켰으나 허공을 향해 있는 손가락처럼 막연하게만 느껴졌고, 시도해보다 멈추기 일쑤였다. 캘리포니아에서 날아든 목소리를 듣기 전까지는 말이다.

줌으로 만나게 된 조한경 박사님은, 호탕한 목소리 시원시원한 외모에 유머까지 장착하신 따뜻한 혁명가셨다. 책으로도 분명 읽은 내용이었지만, 박사님의 열정 가득한 설명과 예화를 통해 책 안의 내용이 생기 있는 동영상처럼 깨어나는 듯했다.

50대 여성 환자의 사례를 소개해 주셨다. 이 환자는 당뇨와 건선으로 인한 심각한 가려움증, 우울증 등의 복합적인 문제를 가지고 있었고, 그로 인해 엄청난 금액의 약을 복용하고 있는 상황이었다. 당시 박사님은 "장 건강에만 집중합시다"라고 조언하며 글루텐, 유제품, 항생제를 끊고 프로바이오틱스, 비타민D, 오메가3, 종합비타민을 복용하도록 처방했다고 한다. 음식을 바꿔 장 청소로 면역력이 향상되도록 하고, 기초영양소를 공급할 수 있도록 한 것이다. 두 달이 지나자 환자는 살이 절로 빠지고 모든 건선이 사라졌으며, 필요를 느끼지 못해 스스로가 모든 약을 끊을 만큼 건강해졌단다.

우울증이 있어 우울한 것이 아이라 실제 원인은 매우 다양할 수 있다고 한다. 갑상선에 문제가 있거나, 생선을 너무 많이 먹어 수은 중독이 있거나, 오메가3가 부족한 것도 우울감의 원인이 될 수 있다고. 그런데 현대 의학은 사람마다 다른 환경이나 개인의 상황에 맞춘 바른 원인을 해결하기보다 그저 증상을 억제하는 약물 치료에만 급급하기 일쑤라고. 이렇듯 증상 완화에 집중한 대증요법적 해결이 아닌 증상 이면의 근본 원인을 해결하도록 돕는 것이 기능 의학이라 소개해 주셨다.

멤버들의 건강 고민을 상담하는 시간도 있었는데 인상에 남은 질문이 있다. 건강에 대한 이런 지식을 가까운 부모님께 적용하려 하면 도무지 말씀을 잘 안 들으시려고 하는데 어떻게 하면 좋겠냐는 것이었다. "저는 그냥 장모님께 잘해드리거든요"라며 박사님은 관계가 먼저라고 대답하셨다. 관계가 좋아야 나중에라도 바른 조언을 들으시게 할 수 있다는 것이었다. 지식으로 상대를 압박하지 말고 사랑으로 대하며, 그 지식이 전달될 수 있도록 좋은 관계를 유지하라니 이 얼마나 스윗한 처방인가?

이것이 잘못된 규칙에 휘둘리지 않고 제대로 된 건강을 스스로 찾아 지킬 수 있도록 열정으로 사람들을 돕는 멋진 안내자가 되신 비결이 아닐까? 원칙을 고수하되 스윗하게. 이후로 어머니께 당장 적용하고 있다.

내게 있어 이날 강의의 하이라이트는 인슐린 저항성에 대한 설명이었다. 이 대목에서 내 오랜 만성피로의 뿌리를 발견하게 되었기 때문이다. 인슐린은 탄수화물 등을 소화시키고 포도당이 세포에 공급되도록 돕는 호르몬으로, 마치 혈관에 포도당을 전달하는 택배기사 같은 역할을 한단다. 그런데 문제는 너무 배달을 자주 해서 혈관에 포도당이 쌓이면(잦은, 많은 식사량, 부족한 운동량) 혈관이 인슐린으로 가득 차게 되고 이로 인해 혈관 벽이 망가진다는 것이다.

이때 망가진 혈관 벽에 보호 물질로 붙는 것이 '콜레스테롤'인데 이것이 쌓이면 혈관이 좁아져 각종 문제가 발생한다. 그러나 콜레스테롤은 혈관을 보호해주는 착한 친구이지 없애야만 하는 암세포 같은 존재가 아니라는 사실. 그러므로 약물을 통한 인위적인 조절이 아니라, 식습관 변화를 통해 인슐린 분비를 조절하도록 하여 자연스레 콜레스테롤 분비를 감소시키는 것이 좋다. 그러니 인슐린이 택배를 마치고 돌아가 혈관이 깨끗해질 수 있도록 충분한 간격을 두어 식사하고(간헐적 단식) 소식하는 것이 정답!! (활동량과 운동량에 비례한 양의 식사)

이로 인해 단 음식에 피로감의 해결을 부탁했던 나의 무지한 집착과 물 마시기가 그토록 싫었던 마음을 와장창 깨뜨릴 수 있었고 영양제도 전보다 잘 챙겨 먹게 되었다. 이제 박사님 알려주신 활력 100세를 위한 3박자 운동과 영양과 휴식(수면)을 멋지게 연주하여 건강한 노후를 누릴 일만 남았다.

이 글을 읽으시는 모든 분들께도 건강 100세의 기운이 가득 깃들기를 바란다.

"노년기의 건강은 어쩌다 뚝 떨어지는 행운이 아니고 타고난 팔자가 아니다. 어떻게 살았는가 하는 문제다. 일찍부터 건강을 챙기고 그 건강을 얼마나 유지하느냐에 달려 있다. 이미 중년을 넘겼다고 해서 포기할 필요는 없다.

'나무 심기에 가장 좋은 때는 20년 전이었다. 그다음 좋은 때는 바로 오늘이다.' 공자님 말씀이다. 너무 늦은 사람은 없다."

– 「환자혁명」 조한경

6.
그리움 수집가,
림태주

(미라클휜둥이)

『관계의 물리학』?' 이번 달 북벤져스 지정 도서의 제목을 보고 의아했다. '왜 물리 서적을 보라고 하지?' 뼛속 깊이 문과생인 나는 내키지 않았지만 책을 주문했다. 그동안 북벤져스에서 읽으라고 했던 책은 한 번도 나를 실망시키지 않았기 때문이다. 호기심 가득한 마음으로 『관계의 물리학』을 읽기 시작했다.

"행성과 행성은 서로 밀고 끌어당기는 우주의 물리 법칙에 따른다. 중력과 인력과 척력과 자기력은 당신과 나 사이에 작동하는 관계의 질서이고 사랑의 원리다. 당신과 내가 서로 그리워하는 힘이 우주의 물리력이다. 그러므로 세상에 생겨난 모든 관계는 우주가 존재하는 이유를 증명한다. 사이가 사라지면 우주도 사라진다."

『관계의 물리학』은 과학 서적이 아니었고, 나는 몇 페이지를 다 읽기도 전에 설명할 수 없는 예감에 사로잡혔다. 이 책을 만난 건 운명이고, 이제 이 책에서 헤어나오지 못할 것임을 직감했다.

> "좋아하는 사이는 서로 마주 보게 된다. 싫어하는 사이는 서로 바라보지 않는다. 좋아하는 사이는 거리가 적당해서 서로를 볼 수 있지만, 싫어하는 사이는 거리가 없어져서 서로가 보이지 않는다. 이 사이의 비유는 우리에게 사랑에 관한 깨달음을 준다. 사이가 있어야 모든 사랑이 성립한다는 것, 사이를 잃으면 사랑은 사라진다는 것, 사랑은 사이를 두고 감정을 소유하는 것이지 존재를 소유하는 게 아니라는 것."
>
> 『관계의 물리학』

이 책을 읽으면서, 마음에 와닿는 문장에 형광펜으로 밑줄을 긋고, 그 페이지의 귀퉁이를 접고, 문장을 소리 내어 읽었다. 곁에 두고 수시로 꺼내 읽고, 따라 읽고, 때론 내용을 음미하며 아끼고 아껴가며 읽었는데 어느새 마지막 페이지가 되었다. 너무 아쉬워서 이 책의 저자인 림태주 작가님의 책을 모두 찾아 읽었다. 읽고 또 읽으면서 그의 문장들을 가슴에 새겼다. 찬란한 그 문장들은, 그저 일상을 살아내고 있던 팍팍한 내 마음에 비가 되어주었다. 그 비는 긴 가뭄에 쩍쩍 갈라져버린 논바닥 같은 내 마음을 촉촉이 적셔주었다. 그제서야 내 안에 숨어있던 깊은 감성이 모락모락 피어나기 시작했다.

"연민처럼 또 눈이 내렸습니다. 숲이 망연자실 고요해졌습니다. 눈을 쓸어 길을 내려다 그만둡니다. 당신이 다녀가지 않는 내 마음이 이미 고립무원인 것을 애써 무엇 하겠습니까. 청매화가 피려다 꽃을 닫았습니다. 다행입니다. 매화가 피었다고, 와서 보라고, 생각보다 봄은 짧다고 당신에게 편지를 보내려 했을 것입니다. 편지를 부치고 나면 또 하염없이 우체부를 기다렸을 것입니다. 우체부의 자전거가 비탈을 구를까봐 또 나는 길을 냈을 것입니다. 내 기다림이 사립문 밖을 서성거렸을 것이고 나는 초라해졌을 것입니다. 다행입니다. 매화는 피지 않았습니다. 오실 필요 없습니다. 여기는 아무 일 없습니다. 고요가 자습 시간처럼 엎드려 사각사각 그리움을 깎고 있을 뿐입니다. 나는 하나도 외롭지 않습니다."

『이 미친 그리움』

그의 책을 읽을수록 꼭 만나고 싶어졌다. 이렇게 아름다운 문장을 쓰는 사람은 어떤 사람인지 너무 궁금했다. 지금껏 이렇게 아름답고 쓸쓸하고 마음 속 깊이 박히는 문장들을 만난 적이 없었다. 한 장 한 장 넘길 때마다 나는 그의 문장들과 함께 그리워했고, 눈물을 흘렸고, 이내 웃음을 터뜨리기도 했다.

북벤져스에서 저자 특강이 있기 전까지 그의 책을 읽으며 혼자 흠모의 시간을 보냈다. 그는 책에서 자신을 "시인, 책바치, 명랑주의자, 야살쟁이, 자기애 탐험가, 미남자"라고 소개했다. 자기애가 넘치는 작가님을 기대하며 독서 모임에 참석했다. 자기소개에서 기개 넘치던 모습은 어디 가고 수줍음 많은 소년의 모습이었다. 작가님은 내가 생각했던 것보다 훨씬 담백하고 지적인 미남자였다. 고백하자면, 긴 머리 남자가 멋있다고 생각한 건 그때가 처음이었다. 하얗게 변해버린 머리와 수염을 무심하게 기른 모습을 보니, 자신에 대해 얘기했던 게 떠올랐다.

> "나는 태어나기를, 단정하고 외따롭고 고요한 것에 끌리는 성정으로
> 타고난 모양이었다. 물고기였다면 나는 아마도 맑고 서늘한 물에서
> 산다는 열목어나 산천어쯤이 아니었을까 싶다."
>
> 『관계의 물리학』

슬픈 얘기를 하는 것도 아닌데 슬퍼 보였다. 외롭다 말하지 않았는데 외로워 보였다. 내 눈에는 그가 깨끗하고 맑은 영혼의 소유자로 보였다. 말 그대로, 그는 명징했다.

> "그리움은 내가 해석한 문학이고 예술이다. 그리움은 나에게 우산이
> 고 모자이고 문장이었다. 사람에게는 저마다 삶의 화두가 있고 숙제
> 가 있고 이유가 있다. 그리움이 나의 이유다. 내가 상속할 게 있다면
> 그리움이 유일하다. 내가 떠난 뒤에도 그리움이 남아서 나를 그리워
> 했으면 좋겠다. 물론 지금은 내가 그리워해야 할 것들에 대하여, 그리
> 운 삶에 대하여 게으르지 않겠다."

　림태주 작가님은 그리움 수집가로서 제격이다. 그리움의 문장들이 수집되어있는 그의 책들이, 오래된 내 병에 처방약이 될 것 같다. 드디어, 습관이 된 나의 그리움에 명약을 찾았다.

　나는 북벤져스 저자 특강을 계기로 림태주 작가님과 인스타그램 친구를 맺었다. 북벤져스라는 특혜로, 림태주 작가님이 교장선생님으로 있는 '그리운 글쓰기학교'에 들어가 수업도 받게 되었다. 그저 먼 발치에서 림태주의 덕후를 자처했던 내가 이제는 림태주 작가님의 제자가 되었다. 그야말로 나는 성공한 덕후, '성덕'이 되었다.

　자신의 운을 바꾸려면 만나는 사람을 바꾸라고 했다. 나는 북벤져스에 들어오면서 만나는 사람이 바뀌고, 내 운도 바뀌었다고 믿는다. 책을 사랑하고, 서로의 생각을 선입견 없이 나눌 수 있는 우리 북벤져스가 좋다. 그리고 북벤져스와 함께 하면 나처럼 '성덕'이 될 수 있다!

　평범한 삶에서 기적 같은 삶으로 도약하고 싶다면 우리 북벤져스의 일원이 되기를 추천한다.

7.
마흔 여자가 직접
체력을 키워보았습니다

(반빛홍)

2019년 초봄은 인생에서 참 힘든 시간이었다. 친정엄마의 건강 악화, 육아 스트레스, 남편과의 잦은 불화, 그리고 내 미래에 대한 고민 등으로 하루하루가 눈물로 버티는 시간이었다.

그 시절에 나에게 비상구가 되어준 책이 바로 『마녀체력』이었다. 아마 그때 나는 가벼운 우울증에 걸렸는지도 모르겠다. 중고서점에서 우연히 만난 이영미 작가님의 책을 읽으면서 눈물 콧물 다 쏟았다. 친한 선배 언니의 따뜻한 다독임을 받는 것 같았다. 책이 주는 위로와 가슴 떨림을 밤새 느끼는 순간이었다.

그다음 날 새벽에 혼자 걷기 시작했다. 그게 운동의 시작이었다. 이영미 작가님의 유튜브 영상을 찾아 듣고 북 콘서트에 찾아가고, 책에 있는 내용을 하나씩 따라 하기 시작했다. 한마디로 덕질을 해댔다.

그리고 2년여의 세월이 지난 지금 나는 드라마보다 덤벨을 사랑하는 워킹맘이 되었다. 나는 "몸이 정신을 지배한다"는 말을 내 몸으로 증명했고 지금도 계속 증명하고 있다.

할 수 있는 운동이라고는 숨쉬기 운동뿐이고, 만성 갑상선 환자이며, 까칠한 워킹맘이었던 내가 지금은 2시간 넘게 하프 마라톤 거리를 달릴 수 있고, 근육 부자가 되기 위해 헬스장에 나간다. 나도 내가 낯설 정도로 놀라운 변화와 성장의 시간이었다.

얼마 전에 우리 북벤져스 모임에서 이영미 작가님을 모셨을 때, 운 좋게 저녁식사 모임에 초대되어 작가님과 따뜻한 대화를 나눌 때, 나는 너무너무 행복했다. 그날 밤 우리의 대화는 소박하고 평범한 인생 이야기들이었지만 작가님의 "할 수 있어요! 너무 멋져요! 좋은 소식이 들리면 꼭 연락주세요!"라는 말들은 나에게는 그 어떤 위로와 응원보다 더 큰 용기가 되었다.

앞으로 두려워도 용기를 가지고 꾸준히 도전하는 엄마로서, 중년의 대한민국 여자로서, 그리고 멋진 사회의 일원으로서 단단히 성장하겠다고 나 스스로와 약속했다. 역시 이영미 작가님은 마녀 작가님이었다.

요즘은 『마녀엄마』(작가님의 두 번째 책)에 심취했다. 건강한 체력을 바탕으로 내가 느낀 자존감과 행복한 삶에 대한 가치관을 이제 우리 아이에게도 꼭 알려주고 싶다.

인생의 행복과 기쁨을 알려주신, 그리고 진솔한 응원과 격려를 아끼지 않으시는 멋진 마녀 이영미 작가님의 건강과 행복을 온 맘으로 기도한다.

책에 써주신 말처럼 이 글을 읽는 모든 엄마들이 자신의 목표와 행복을 모두 누리기를, 그리하여 '모두, 끝내 자유로워지시길' 진심으로 바란다.

8.
존리 대표님 덕분에
남편이 달라졌어요

(블레씽메이커 에블린)

늦은 나이에 결혼을 했다. 부끄러운 고백이지만, 나보다는 경제적 여유가 있는 배우자를 당연히 만날 거라 생각했다. 적당히 저축하고 신나게 소비하는 싱글 시절을 보냈다. 하지만 늘 그렇듯 인생이 내가 마음먹은 대로 되던가?

미래학자 최윤식 박사님과 열심히 미래비전과 산업, 투자에 대해 공부는 하는데, 미래를 위한 경제적인 준비는 안 된 남편을 만났다. 뒤늦게 발등에 불이 떨어졌다.

마흔셋, 엄마가 되었다. 육아휴직을 끝내고 복직을 하려니, 더 간절하게 내가 아이를 키우고 싶어졌다. 그렇게 퇴직을 준비하면서 지금까지와는 다른 소비생활과 재테크 방법이 필요했다.

어떤 강의에서 들은 '일생에 한 번은 무소유에 가까운 지출통제가 있어야 한다'는 말에 가계부를 쓰기 시작했다. 그러다 가계부 모임을 시작했고, 그 모임을 통해 경제서적을 읽다 보니 존리 대표님의 책『엄마, 주식 사 주세요』를 만나게 됐다.

그 무렵, 남편도 존리 대표님 강의를 많이 듣고 책도 읽었다며, 존리 대표님 이야기를 자주 했다. 사교육에 올인하기보다는 그 사교육비를 '투자'해서 아이의 창업자본을 만들어주자는 이야기다. 책을 읽고, 남편의 이야기도 들으면서 내 생각이 조금씩 바뀌어 갔다. 도박과 같은 개념이었던 주식에 이제는 건전한 투자를 한다.

때마침 나의 독서모임 북벤져스에서 저자 특강으로 존리 대표님을 모신다는 소식을 들었다. 남편에게 전했더니, 더 기뻐하면서 북벤져스 독서모임에 참여하고 싶어 했다. 존리 대표님 덕분에 처음으로 남편과 독서모임을 함께 하는 귀한 경험까지 했다.

사교육에 너무 올인하지 말라는 말은 존리 대표님이 아니어도, 이미 성인이 된 자녀를 둔 친한 지인들에게도 자주 듣는 말이다. 대표님의 강의는 분명 올바른 투자로 노후를 대비하고 금융문맹에서 벗어나라는 내용이지만, 그 속에서 육아 철학도 배우게 된다. 엄마는 아이와 함께 많은 시간을 보내야 하고, 엄마가 주도하지 말고 항상 뒤에 있으라 하셨다. '너는 천재다'라고 끊임없이 아이를 칭찬하라는 말은 어려서부터 아이의 경제교육을 하라는 말만큼이나 귀한 조언이었다.

한글을 조금씩 읽을 줄 아는 6살 딸은 책상 위에 놓인 대표님의 『엄마, 주식 사 주세요』 책 제목을 따라 읽고는, 용돈을 받을 때마다 장난기 가득 담아 "엄마, 나도 주식 사 주세요"라고 한다. 대표님의 특강을 듣고 바로 아이 이름의 주식계좌를 만들고, 아이 양육수당, 세뱃 돈, 아이가 받는 모든 용돈은 주식과 펀드로 적립해가고 있다.

남편은 당신이 가진 것은 말할 것도 없고, 자기는 못써도 어려운 사람은 도와야 하는 사람이다. 남편의 선한 의지를 존중하지만, 마음이 불편한 적이 있었다. 책이나 유튜브로만 만나던 존리 대표님을 직접 만나 말씀을 듣고, 궁금한 것을 질문하고 답을 얻은 남편은 달라졌다. 올바른 투자를 통해 더 풍성한 경제력을 가지면, 더 많은 것을 나누고 베풀 수 있음을 안 것이다.

투자보다는 소비가 즐거웠던 나도 '투자'를 하면서 기쁨을 느낀다는 부자들의 라이프 스타일을 닮아가고 있다. 온 가족이 함께 부자가 되려는 프로젝트를 하라고 권유하신 존리 대표님의 말씀대로 우리 가족은 부자되기 습관을 실천 중이다.

덕분에 지혜롭고 현명한 아이 교육은 물론 불안하기만 했던 노후가 이제는 든든해지고 있다. 남편과 함께 우리 가족의 부자되기 습관을 만들어주신 존리 대표님께 감사의 마음을 전하고 싶다.

9.
내 상처의 크기가
내 사명의 크기다

(인생언니)

인생은 그릇이 큰 사람에게 큰 시련을 준다.

나에게 그런 아픈 일들이 있었던 것은

재수가 없어서, 운이 나빠서 그런 것이 아니다.

내가 감당해야 할 사명이 있기 때문이다.

상처가 없는 사람은 다른 사람의 아픔을

함께 아파하며 공감하기가 어렵다.

내 상처는 나 혼자 괴로워하고 아파하며

우울증 걸리라고 있는 것이 아니다.

그 상처를 가지고 다른 사람의 상처를

진심으로 이해하며 공감할 수 있는

진정한 '리더'가 되라고 있는 것이다.

내 상처의 크기가 내 사명의 크기다.

- 『내 상처의 크기가 내 사명의 크기다』 송수용

북벤져스의 지정도서였던 『마지막 1%의 정성』을 읽으면서 송수용 대표님을 처음 만났다. 『마지막 1%의 정성』은 송수용이라는 한 사람이 정성을 다해 들이대는 정신으로 이루어낸 성공 스토리를 담고 있다. 어린 나이에 말 안 통하는 나라에서 혼자 생활했던 나에게 '들이대' 정신은 이미 익숙한 필수 생존 전략이다. 그러기에 그가 경험해왔던 이야기는 내게 큰 감동을 주지는 못했다.

만일 북벤져스가 없었더라면 나는 인간 송수용의 매력을 평생 몰랐었을 것이다. 북벤져스는 지정도서를 집필한 작가를 초빙해 강의를 듣고 함께 이야기를 나눈다. 한 시간의 특강을 들으며 나는 인간 송수용이 궁금해져서 DID 정규 강의를 듣기로 결정했다. 그리고 이 결정은 내 인생의 방향을 바꾸어 놓았다.

기대했던 첫 수업. 나름 많은 자기계발 강의를 들었지만, 자기계발 수업에 참여하며 울어보기는 처음이었다. DID 첫 수업은 정신없이 앞만 보고 달려온 내게 나를 돌아보게 하는 기회를 주었다. 정말 오랜만에 지나온 날을 돌아보는 시간. 상처받았지만 애써 참고 살았던 어린 나를 마주하고 쓰다듬는 그 시간이 내게는 힘들어 피하고 싶은 시간이었다. 내 차례가 되어 어쩔 수 없이 강단에 섰다. 천천히 내 이야기를 시작해 어느덧 눈물, 콧물을 쏟으며 끝을 맺었다.

그의 마지막 메시지가 아직도 생생하게 남아있다.

"우리는 이제 힘든 일이 생기면 기뻐하면서 지금 힘들게 하는 이 일
이 나를 어떻게 성장시킬까 기대해야 합니다."

이제 나는 버거운 일이 생길 때마다 '들이대 정신'으로 송수용 대표
님에게 전화한다. 그는 내게 어떤 솔루션도 주지 않고 나의 이야기에
추임새를 넣어가며 그저 들어 줄 뿐이다. 송수용 대표님이 나에게 그
러했듯, 나도 내 주변의 누군가 힘들어할 때 먼저 생각나는 사람이 되
고 싶다. 다른 사람이 고통을 이야기할 때, 나도 그처럼 그냥 옆에서
들어 주는 사람이 되고 싶다.

내가 송수용 대표님에게 배운 한 가지는 사람에 대한 진정한 사랑
이다. 지금 오늘 하루가 버거운 이들에게 그의 사랑을 전파하고 싶다.

10.
첫 설레임 그리고
꿀보다 달콤한 만남

(지감독 로아)

2020년 2월 15일은 북벤져스에 처음으로 작가님을 초대한 날이었다. 1월의 지정도서였던 『책 읽고 매출의 신이 되다』의 작가님을 초대했다는 소식에 어리둥절도 잠시 모두가 기쁨에 환호성을 지르며 기다렸다. 내가 속한 모임에서, 그것도 바로 가까이서 작가님과 첫 만남이라니! 전혀 예상하지 못한 처음이 주는 설레임과 기대로 달리기를 한 것처럼 심장이 쿵쾅거렸다.

『책 읽고 매출의 신이 되다』를 읽기 전까지 내가 알고 있는 고명환 님은 '한때 활동했던 개그맨'일 뿐이었다. 그러나 만난 지 30분 만에 생각이 180도 바뀌었다.

아직도 들어오시던 모습이 생생하다. 서프라이즈를 하고 싶었다며 약속시간보다 먼저 오셨다. 번쩍 든 손을 크게 흔들며 호탕한 웃음소리로 입장부터 달랐다. 사진보다 미남이었다. 크고 시원한 목소리와 웃음은 처음 만남에도 전혀 낯설게 느껴지지 않았다. 어떤 고민도 잘 들어줄 것 같은 친근함이 있었다.

상대를 편안하게 만드는 능력 때문인지 작가님께 질문이 쏟아졌다. 1000권 독서로 연매출 10억을 이루어낸 비결인 독서와 변화에 대한 질문이 많았다. 책을 많이 읽었는데 변화가 일어나지 않는 이유를 묻자 "덜 읽었네! 더 많이 읽어요. 임계점에 이르지 못한 거예요"라고 대답했다. 자신은 천 권을 넘게 읽고 임계점이 왔다며 "천천히 늦게 오는 사람도 있다. 3권을 읽고 아는 사람은 3권만큼 보이고 1000권을 읽고 왔다면 그만큼 보일 테니∙빠르다 좋아할 것도 느리다 조급할 것도 없다"고 덧붙였다.

1년에 365권 읽기를 하면서 권수를 채우려는 걸 느낀 후 하루에 100페이지 정도가 적당하단 걸 알았다고 한다. 정해놓고 하면 거기에 갇히는 것 같아 답답했다며 재미없거나 끌려가는 건 오래 못하는 성격이라 하셨다. 질문마다 척척 나오는 답은 작가님 경험에서 우러나오는 조언이었다. 스토리와 연결된 조언이 귀에 쏙쏙 들어왔다. 자유롭기 위해 돈을 버는데 돈에 끌려가는 악순환의 고리를 끊은 방법도 남달랐다. 경제적으로 힘들 때 소중한 것을 내려놓으니 깨닫게 되더라는 것이다. 사업실패로 어려웠던 상황도 진솔하고 재밌게 술술 풀어 이야기하셨다.

이야기에 빠져들고 있는데 갑자기 말을 뚝 멈추고 "그 봐~ 이럴 줄 알았어요! 준비한 게 아직 많은데 5분밖에 안 남았잖아." 엥? 질의응답으로 주어진 1시간이 5분을 남기고 있었다. 30분으로 느껴질 만큼 즐거운 시간이었으니 그대로 끝나는 게 아쉬웠다. 강의실 대여시간 연장 불가로 쫓기듯 나와 의자도 없이 테이블에 서서 사인하고 사진을 찍었다. 아쉬움에 안녕을 고하지 못하는 마음을 읽고 미라클여신님이 동반 식사를 제안하자마자 1초의 망설임도 없이 "갑시다!"라고 대답하셨다. 식사 중에도 알고 있는 걸 하나라도 더 알려주려는 마음이 느껴졌다. 이제 진짜 헤어져야 할 시간인가 싶었는데 "갈 사람은 가도 됩니다. 밥을 얻어먹었으니 차는 제가 쏘겠습니다."

무료강의에도 불구하고 귀한 5시간을 기꺼이 내어주셨다. 내가 본 작가님은 식사와 단체샷을 찍는 모든 시간 내내 웃으며 이야기하고 있었다. 직접 작가님을 만나니 책에서 느낄 수 없는 마음이 전달되었다. 눈빛과 표정에서 하나라도 더 알려주려는 진심이 얼마나 큰지 알 수 있었다. 책에 있는 지식보다 더 큰 지혜와 가슴 뛰게 만드는 살아있는 생동감이 있었다. 왜 다들 집에 안 가냐, 내가 어쩌다 여기까지 왔나, 무슨 일인지 모르겠다며 웃으셨다. 모두가 여러분의 에너지에 홀렸다 말씀하셨지만 지치지 않는 열정 에너지를 전염시킨 사람은 그 자리에 있던 모두라 생각한다.

고명환 작가님을 시작으로 그동안 북벤져스에서 유명한 작가님들을 만나며 두 가지 사실을 알게 되었다. 하나는 작가와의 만남이 주는 경험이다. 작가와 직접 이야기를 나누는 1시간이 10권 책보다 얼마나 큰 배움이 되는지 알게 된다. 다른 하나는 자유롭고 넓은 사고에서 나오는 이야기들을 듣고 있노라면 수다 같은 일상의 이야기조차 하나의 살아가는 방법임을 배운다. 멀게만 느껴지던 작가님들이 인간적이면서 가깝게 느껴진다. 친근함은 잔잔한 바다에 바람이 된다. 바람을 따라 나도 작가님처럼 되고 싶다는, 될 수 있다는 마음에 파도가 강하게 일렁인다.

> "당당히 말할 수 있어야 한다. 예를 들어 A학점을 받으면 '나 A 받았다'고 이야기하고 C를 받으면 '교수가 C 줬어'라고 한다. 왜 A는 내가 받았고 C는 교수가 준 것인가? 내가 C 받았다고 말할 수 있어야 한다."
>
> — 고명환 작가님과의 만남 중에서

잘하든 못하든 어떤 상황에도 당당히 말할 수 있어야 한다. 나는 당당히 말할 수 있다. 개그맨, 제작자, 강연가, 사업가 외에 많은 명칭이 있는 고명환 작가님. 나에겐 그 모든 명칭 이전에 또 만나고 싶고 다시 만나고 싶은 '사람' 고명환 이다. 열정 에너지를 전파시키고 재치 있는 아이디어를 아낌없이 나눠주신 만남은 꿀보다 달콤했다.

2장

당신에게도
인생을 바꾼 책이
있나요?

1.
47년 인생을 바꾼
한 권의 번개

(미라클여신)

2년 동안 100권의 책을 읽으면 새로운 나로 다시 태어난다고 했지만,

운이 좋으면 단 한 권의 책으로도 인생이 바뀐다. 나처럼 말이다.

      – 『책 읽고 매출의 신이 되다』 고명환

  책을 읽다 보면 가끔 이렇게 데자뷰를 경험한다. 언젠가 내 책을 쓴다면 서문에 넣으려 했던 내용이었는데, 그 문장이 토씨 하나 틀리지 않은 채 거기 있었다. 개그맨 고명환보다 작가 고명환이 더 친근하게 다가왔던 건, 그의 책을 북벤져스의 첫 책으로 지정했던 건, 어쩌면 나와 같은 경험을 한 데서 느껴지는 동지애 때문이었을지도 모른다. 그의 인생을 바꾼 책이 이시형 박사의 『배짱으로 삽시다』라면, 내게는 청울림의 『나는 오늘도 경제적 자유를 꿈꾼다』가 그런 책이었다.

  비수가 되어 꽂히는 문장들에 47년간의 무지했던 삶을 깨달았다.

젖어 있던 장작이 어마어마한 불덩어리를 만나 순식간에 습기를 날려버리고 활활 타오르기 시작했다고 해야 할까. 이 책을 만난 뒤 나는 완전히 다른 삶을 살고 있다. 주말이면 10시까지 자던 사람이 새벽 기상을 하고, 한 달에 한 권 볼까 말까 하던 책을 이젠 잠자리에 끼고 잔다. 책 한 권이 번개처럼 내려와 나의 모든 일상을 감전시켰고, 스위치를 다시 켰을 때 난 다른 사람이 되어 있었다.

한 사람의 인생이 바뀌는 일은 이렇게 한순간에 찾아오기도 한다. 이 책이 단 한 사람에게라도 가슴 뛰게 하는 책이 될 수 있다면, 그리하여 그의 삶을 빛나게 바꿔 놓을 수만 있다면, 우리 북벤져스의 공저 프로젝트는 성공이다.

2.
한 권의 책, 하나의
행동, 하나의 습관

(가슴설렘)

요즘에는 좋은 책도 많고 좋은 강연도 많다. 하지만 좋은 책과 좋은 강연 그 자체가 중요한 것이 아니다. 아무리 많은 걸 알아도 자신이 실행하지 않으면 아무 소용이 없다. 행동 없는 성공이란 있을 수 없음을 잊지 않기를 바란다. 말로만 외치지 말고, 기도만 하지 말고, 생각만 하지 말고, 지금 당장 행동으로 옮겨야 한다.

– 『인생에 변명하지 마라』 이영석

나는 도서관을 자주 가고 책을 가까이하긴 했지만, 한 달에 1권 남짓, 그것도 쉬운 책들만 읽었다. 지금 생각해 보니 그냥 생각날 때 몇 장씩 책을 읽은 걸 독서라고 생각한 것 같다.

그러다 미라클 어벤져스의 미션을 통해 1주에 1권 책읽기가 시작되었다. 독서 초보이다 보니 미션으로 주어진 책을 보자마자 총 페이지

수를 확인했고, 책을 읽을 때마다 포스트잇에 하루에 몇 페이지를 읽었는지 적어 나갔다. 그러다 보니 책의 내용에 대한 집중이 아닌, 페이지에만 집중이 되고 책을 끝냈을 때 머리에 남는 것이 거의 없었다.

처음엔 독서 초보라 그렇지 하고 생각했지만, 다음 책을 읽을수록 앞의 책에 대한 기억이 사라져 갔다. 기억을 오래 남길 수 있는 방법은 뭘까? 기록, 기록을 하자! 그래서 기록으로 남기는 서평쓰기가 시작되었다. 책의 좋은 구절, 인상깊은 부분을 열심히 블로그에 적었지만, 블로그를 끄면 끝이었다. 이건 무엇을 위한 책읽기인가? 그래서 다른 방법을 찾았다.

한 권의 책을 읽으면 무조건 한 가지를 벤치마킹하여 바로 행동으로 옮기자. 그래서 나의 것으로 만들자! 책을 읽다 보니 어떤 책은 좋은 내용이 너무 많았지만, 욕심부리지 않고 무조건 1개만 하기로 했다. 이렇게 책을 읽는다면, 10권을 읽었을 땐, 좋은 습관 10개가 생기겠지?

책을 읽으며 내가 행동으로 옮길 만큼 배우고 싶은 건 무엇인지에 초점을 맞추니, 저자가 말하고자 하는 부분이 무엇인지 조금은 더 이해하게 됐고, 책의 내용도 더 오래 기억 남았다.

지금까지 약 2년 동안 120여 권의 책을 읽고 서평을 썼지만, 120개의 좋은 습관을 지금까지 유지되고 있는지는 모르겠다. 하지만, 확실히 독서를 하기 전인 2년 전 보단 더 나은 내가 되고 있음은 느낄 수 있었다.

남과의 비교가 아닌, 어제의 나보다 나아졌음에 만족하고 내일의 나는 오늘의 나보다 나아져 있을 거라 믿으며 오늘도 책을 편다.

3.
멘토님들과 같은
공간에 있어요

(긍정러너 하야짱)

오늘의 나를 있게 한 것은 우리 마을의 도서관이었다. 하버드 졸업장
보다도 소중한 것이 독서하는 습관이다.

– 빌 게이츠

평소에 책을 가까이하고 독서를 취미로 둔 사람들을 볼 때면, 가
방끈도 길고 배운 사람들이나 할 수 있는 참 고상한 취미려니 싶었다.
'책값도 한두 푼이 아닌데 일을 안 해도 먹고 살 수 있는 형편이고 시
간 여유가 있으니 저러는 거겠지'라는 생각이 들곤 했다.

그런 생각으로 50년을 넘게 살아온 나였는데 이런 내가 완전히 변
했다. 오십 평생 살면서 읽었던 책보다 최근 2년 동안 읽은 책이 더 많
은 마법 같은 일이 내게 일어난 것이다.

북벤져스 독서모임에 참여하게 되면서부터 꾸준히 책읽기를 시작

하면서 독서의 재미를 알게 된 나는 집에 있는 TV와 소파를 없애고 책상과 책장을 들여놨다.

읽고 있는 책에서 소개하는 책 제목을 적어 중고서점에 가서 한 번에 50권씩도 구매를 한다. 바로 다 읽지는 못 하지만 책장에 꽂혀 있는 책을 보면 왠지 든든하다. 내가 보고 싶은 책을 언제든지 꺼내 읽을 수 있어서이다.

뿐만 아니라 책의 저자가 독자와 만남의 기회가 있을 때마다 적극적으로 찾아다니며 직접 소통하는 나를 발견하곤 한다. 이런 변화의 시간 속에서 내 스스로가 단단해지고 성장하고 있다는 느낌이 들고 바로 이런 점이 나를 계속해서 책과 연결하게 했다.

그런데 이제 책을 양적으로 많이 읽는 것에서 그치지 않고 한발 더 나아가 책 속의 이야기와 메시지를 내 삶 안으로 옮겨보려고 한다. 1독 1행. 건강에 관한 책을 읽으면 운동을 하면서 몸에 관심을 가지게 되고 치유에 관한 책을 읽으면 내 마음도 살피고 가족이나 주위 사람들과의 관계도 다시 한번 생각해 본다. 끊임없이 나를 생각하게 하고, 돌아보게 하고, 삶을 풍요롭게 한다. 이렇듯 책은 나에게 친구이자, 선배님이자, 선생님 같은 존재가 됐다.

난 지금 참 행복하다. 내가 힘들고 외롭고 슬플 때 항상 같이 할 수 있는 멘토분들이 나의 집에서 같이 살고 있으니.

4.
강요하지
않겠다

(달콤솔직)

아이들을 위한 글쓰기 책을 읽다가 아래 내용에 멈칫 눈길이 갔다.

1. 책을 읽지 않을 권리

2. 건너뛰며 읽을 권리

3. 책을 끝까지 읽지 않을 권리

4. 책을 다시 읽을 권리

5. 아무 책이나 읽을 권리

6. 보바리즘(Bovarysme, 마음대로 상상하며 빠져듦)을 누릴 권리

7. 아무 데서나 읽을 권리

8. 군데군데 골라 읽을 권리

9. 소리 내어 읽을 권리

10. 읽고 나서 아무 말도 하지 않을 권리

(어린이도서관에 있는 〈독서권리장전〉 중)

– 『하루 3줄 초등 글쓰기의 기적』 윤희솔

내가 책을 좋아하고 가까이하는 만큼 우리 아이들도 책을 좋아했으면 했다. 꾸준하게 책을 읽어주기만 해도 나처럼 알게 되겠지 라고 생각하며 무조건 읽게 하였고 독서록을 필수로 쓰게 했던 때가 있었다. 이 글을 읽는 순간에야 '아, 오히려 내가 한 행동이 아이들의 상상력과 창의력을 막았던 것은 아닌가?' 하며 되돌아보게 되었다.

나 또한 베스트셀러라고 추천 받았지만 흥미가 없어 한 챕터 정도만 읽고 놔둔 책들, 군데군데 대충 읽었던 책들이 책장 한 칸 가득이라는 사실에 부끄러워졌다.

수백 권의 세계 명작 전집보다 아이가 진정 좋아하는 한두 권의 책들을 자유롭게, 맘껏 읽게 해주는 것이 더 중요하지 않을까 하는 생각이 든다.

특히 마지막 구절, 읽고 나서 아무 말도 하지 않을 권리라니. 아이들의 눈으로, 아이들의 느낌대로 이해하고 여물 수 있도록 기다려 주는 마음이 지금 내게 필요한 것 같다.

5.
조금씩 함께,
그리고 멀리

(럽앤그로)

내가 말하고 싶은 것은 이것이다. 지금 당신이 책을 읽는 즐거움을 누리고 있다면, 당신은 책을 읽기 위해 부단히 책 읽는 뇌를 발달시켜온 사람이다. 경의를 표한다. 그러니 그 특별한 능력을 자주 애용하기를 바란다. 당신이 독서하는 모습을 누군가는 부러운 눈으로 바라보고, 그 능력을 갖지 못해 슬퍼하는 사람들이 있다는 것을 상기하면서. 책이 그냥 책이 아니듯이 독자도 아무나 독자가 아니다. 우리, 읽을 수 있는 축복을 헛되이 하지 말자.

– 『너의 말이 좋아서 밑줄을 그었다』 림태주

'평생 자람'이 필요한 요즘, 많은 매체들이 발달했어도 늘 성장을 위한 도구로 가장 강조되는 것이 독서임을 본다.

점점 더 다양한 매체로 독서나 독서 리뷰를 접할 수 있지만, 독서모임을 통해 오프라인과 온라인에서 함께하는 독서는 마치 많은 물들 중 옹달샘처럼 또 다른 생명력을 우리에게 주는 것 같다.

처음엔 낯설음도 서먹함도 있다. 그러다 서서히 가까워지고 가족 같아지며 나아가 디딤돌이 되어주기도 한다. 독서라는 건전한 공통 관심사 안에서 서로를 긍정적으로 바라보고 격려하기를 지속하니, 점차로 각자의 장점이 살아나고, 성장하고, 익어가게 되는 것이다.

인생과 오징어 게임의 공통점을 생각해 보았다. 첫째, 누구에게나 끝이 있고, 둘째, 규칙은 알려졌으나 숨겨져 있는 게임과 같다는. 세상은 성과를 내는 것이, 속도를 내는 것이 성공이라고 말하지만, 일생의 마지막 순간 받는 성적표에 남는 것은 "얼마나 더 사랑했는가, 얼마나 더 사랑으로 누군가를 위해 희생 했는가"일 것이다. 그러므로 함께하는 이들에게 기꺼이 기댈 어깨가 되어주며, 위로가 되고 때로는 격려가 되어주는 북벤져스 여러분들께 게임의 승점을 잘 쌓아가고 계시는 중이라 전하고 싶다.

북벤져스에 처음 참석할 즈음 나는 산후 우울과 겹친 여러 가지 맘의 어려움으로 관계에 대한 공포 수준의 두려움이 있었다. 그렇게 아무에게도 기댈 수 없이 스러져가던 나를 일으켜 준 고마운 '독서'(특히 『말랑말랑학교』저자이신 샘정님과 동창생들), 그리고 북벤져스와 멤버들께 감사를 드린다. 혼자라면 읽지 않았을 책들을 모임을 통해 읽으며 함께 라서 더욱 멀리 올 수 있었다.

이렇게 좋은 독서모임이 더 많이 만들어지기를 바라고, 곳곳에서 열심히 활동 중인 모든 독서모임을 응원한다. 독서하고 행동하는 국민을 보유한 나라는 망하지 않을 것이다.

6.
독서와 함께
하는 지금
(미라클횐둥이)

인간이 자연에게서 거저 얻지 않고 스스로의 정신으로 만들어낸 수
많은 세계 중 가장 위대한 것은 책의 세계다.

– 헤르만 헤세

나에게 시간은 별로 소중하지 않았다. 오늘 하루를 헛되이 보내도
하룻밤 지나고 나면 새로운 24시간이 생기기 때문이었다. 나는 이 대
가 없이 주어지는 시간을 마냥 흘려보냈다. 매일 새롭게 주어지는 하
루가 영원할 것 같아서, 시간이 소중하단 말은 크게 와닿지 않았다.

『그대 스스로를 고용하라』에서 "지금을 그대로 흘려보내는 사람에
게는 '지금'이란 없다. 그저 '다음'이 있을 뿐이다."라는 글을 읽게 되었
다. 문득, 내 나이를 떠올려보았고, 나의 인생을 되짚어 보았다. 어느새
인생의 절반 가까이 살아온 내가 이룬 것은 무엇일까? 딱히 떠오르는

게 없었다. '지금껏 인생을 마냥 흘려보냈구나.'라는 생각이 들었다. 매일매일 새로운 하루가 업데이트 되었지만, 나는 미래의 행복을 담보로 시간을 까먹고 있던 것이다.

시간의 소중함을 깨닫고 나니 그동안 흘려보낸 시간이 너무 아까웠다. 정신 차리지 않으면 손에 쥔 모래처럼 빠져나가는 것이 시간이다. 이 시간이 손아귀에서 빠져나가지 않게, 남은 내 인생은 중요한 일로 채우자 마음먹었다.

지금 해야 되는 중요한 일은 무엇이 있을까 생각해 보았다. 헤르만 헤세는 '인간이 만들어낸 가장 위대한 것 중 하나가 책의 세계다.'라고 했다. 데카르트는 '좋은 책을 읽는 것은 과거 몇 세기의 가장 훌륭한 사람들과 이야기를 나누는 것과 같다.'고 했다. 독서광으로도 유명한 빌 게이츠는 '오늘의 나를 있게 한 것은 우리 마을 도서관이었다. 하버드 졸업장보다 소중한 것은 독서하는 습관이다.'라고 했다. 이렇듯 많은 위인들이 독서를 강조했다. 지금 내가 해야 할 가장 중요한 일은 독서라는 생각이 들었다.

많은 사람들이 독서의 중요성을 알지만, 급한 일이 아니기에 독서를 다음으로 미룬다. 나 역시 다른 일들을 처리하느라 독서를 우선순위에 두지 않았다. 이제는 중요하지 않은 급한 일을 하느라, 독서를 미루지 않겠다.

매일 주어지는 하루하루를 독서로 꽉 채우겠다. 독서로 새벽을 깨우고, 독서로 잠자리에 드는 하루로 이제 내 시간은 생명력을 얻었다. 독서와 함께 하는 '지금'이기에, 미래의 행복이 지금 내 옆에서 나란히 걷고 있다고 믿는다.

7.
일단, 책을
읽으세요

(반빛홍)

책을 읽는다는 건 곧 나를 만난다는 겁니다. 일상에서 절대 만나지 못하는 상상력이 풍부한 나, 모험을 즐기는 나를 책을 읽으면서 수없이 만나는 거죠. 그 만남이 나의 일상을 풍요롭게 해주고, 때로는 새로운 도전의 시작이 되기도 합니다.

— 『이 한마디가 나를 살렸다』 김미경

어느 늦은 겨울밤 퇴근길이었다. 신호 대기 중이었는데 운전하던 차의 핸들을 틀어서 가로수 아무 데나 처박아 버리고 싶다는 생각이 들었다.

뽀대나는 집 한 채 장만 못 하고 인간관계에서는 늘 '을'이였으며, 쳇바퀴 도는 하루하루가 너무나 답답했다. 그 당시 나는 사는 게 지긋지긋하다는 말을 입에 달고 살았다.

집에 돌아와서 어린아이처럼 몇 시간을 엉엉 울었다. 무뚝뚝한 남편은 위로의 말 한마디 없이 지켜보기만 하더니 조용히 책 한 권을 건네주었다.

그때 건네준 책이 나에게 새로운 세상을 열어주는 터닝포인트가 되었다. 믿기지 않겠지만 정말 그랬다. 나는 그 책의 마지막 장을 덮으면서 세상의 기준에 휘둘리지 않는 '진짜 나 자신이 되어 세상을 살아보고 싶다'는 마음을 먹게 되었다. 그렇게 다시 일어섰다. 그리고 새로운 삶의 도전이 시작되었다.

지금 힘들고 외롭고 우울하다면 일단 책을 읽으라고 감히 조언하고 싶다. 내 삶이 어디로 흘러가는지 모르겠고, 앞으로도 어떻게 살아야 할지 모르겠다면 지금 바로 책을 읽어라. 시도 좋고, 에세이도 좋고, 자기계발서도 좋다. 우선 읽어라. 당신이 우연히 펼친 그 책장에 당신이 찾던 삶의 열쇠가 있을지 모른다.

8.
빛이 보이는 독서,
함께 하실래요?

(블레씽메이커 에블린)

『김밥파는 CEO』를 읽은 사람이 한둘이 아닐 텐데 왜 어떤 이들은 그
것에서 기회를 보고 다른 이들은 독서로 만족하는 것일까? 배우려
하고 도전하려는 사람들에게는 조그만 틈새로도 빛이 들어온 것이
보이고, 그 빛을 그냥 지나치지 않는 호기심과 열정이 있다. 이 열정
이 성공의 문을 만드는 것이다.

– 『생각의 비밀』 김승호

어려서부터 책을 좋아했다. 책을 좋아하셨던 아버지가 장난감은 안
사 주셔도 책값만큼은 아낌없이 지원해 주신 덕분이다. 살면서 책 속
에 길이 있고 답이 있다는 걸 직접 경험한 적이 많았음에도, 바로 내
가 기회를 보지 못하고 독서로 만족한 책 수집가였다. 책을 읽고 순간
의 해결책은 얻었지만, 책을 덮으면서 그 속에 있는 기회까지 함께 덮

어 버렸다. 그러고는 여전히 성공을 갈망하고 있다.

결혼하고 워킹맘으로 정신없이 살아가고 있던 어느 날, 지금 이대로라면 아이에게 부끄럽지 않은 엄마일까 라는 생각이 문득 들었다. 대답은 'NO'였다. '엄마처럼 살고 싶어요'라는 말을 듣는 엄마, 딸아이의 롤모델이 되는 엄마가 되고 싶었다.

그래서 좋아했던 독서를 다시 시작했고, 구본형 선생님의 『나는 이렇게 될 것이다』를 만났다. 2020년 1월, 새해를 시작하면서 만난 이 책을 통해 나는 그동안 독서로만 만족했던 책 읽기에서 빛을 보고 기회를 찾기 시작했다. 이 책은 자기경영, 자기혁명이라는 엄청난 변화경영뿐만 아니라, 인생 전반에 걸친 해답을 친절하게 알려주는 지침서였다. '다시 시작하기에 늦은 나이란 없다'는 구절이 40대 후반에 다시 시작하는 나에게 큰 위로와 위안, 용기를 주었다.

그 후, '무슨 일이 있어도 새벽 두 시간은 자신에게 투자하라'는 구본형 선생님의 말씀에 따라 새벽기상을 시작했다. 1년 6개월이 넘도록, 나만의 성소에서 매일 두세 시간을 보내고 출근을 한다. 그렇게 나도 성공의 문을 만들며, 어제보다 한 뼘 더 성장하고 있다.

9.
엄마는 내가 책을
보면 왜 좋아?

(인생언니)

난처한 일이 생겼을 때는 정면 도전을 하는 것도 배짱이지만 그걸 역
이용할 수 있는 슬기는 더 멋진 배짱이다.

– 『배짱으로 삽시다』 이시형

아직 글도 모르는 다섯 살짜리 우리 큰아이가 책을 들고 혼자 중얼
거리면 마음이 참 좋아진다. 엄마가 흐뭇해한다고 느낀 아이가 묻는
다. "엄마는 내가 책을 보면 왜 좋아?"

왜 좋고 흐뭇해질까? 아이의 질문에 답을 찾으면서 나는 '왜 우리는
책을 읽는가?'라는 근본적인 질문을 자신에게 했다. 그러다 이시형 박
사님의 『배짱으로 삽시다』를 읽으면서 답을 찾았다. 이 책은 처음으로
독서가 내 삶의 방향 바꿀 수도 있는 뭔가를 발견하는 기쁨을 준다는
것을 알려주었다.

이 책에는 일상생활의 작은 일에서 장애물을 역이용하는 슬기로움에 관한 이야기가 나온다. 저자와 함께 연구하던 연구원 피터는 아침마다 만원 열차에 시달려 짜증스러운 기차 통학을 하느라 고생이었다. 견디다 못한 그는 생각을 바꿔 바로 그 철도회사의 주식을 사기로 마음먹는다. 주주가 된 다음 날부터 만원이 된 기차에서 그는 기쁨을 느꼈다. 사람을 더 태워라, 터지도록 태우라고 소리치게 된 것이다. 늘 짜증이었던 아침 만원 열차가 기분 좋은 일상사가 된 것이다.

이 글을 읽고 나서부터는 의식적으로 내가 당한 난처한 상황을 어떻게 역이용하여 감사할 수 있는 사건으로 만들 수 있을지 고민하게 된다. 그러려면 상황을 객관적으로 봐야 한다. 이 객관적인 시선은 난처한 상황에 화나는 내 감정을 일단 누그러뜨려 준다. 이 강제적 슬기로움을 통해 난처한 상황은 행운이 되고, 지금 내가 가진 것에 대한 진심 어린 감사가 우러나온다. 그러나 여전히 짜증나는 일이 많은 것을 보면 역시 훈련이 더 필요하다고 인정할 수밖에 없지만.

이제 아이의 질문에 자신 있게 답을 할 수 있다. "엄마는 네가 책을 보면 흐뭇하고 참 좋아. 왜냐하면 네가 책을 통해 많은 사람들과 이야기를 나누게 되고 그 이야기들을 통해 세상을 바라보는 눈이 넓어지는 슬기로움을 배워가니까."

10.
까만 어둠을 밝혀준
작은 불빛

(지감독 로아)

레드퀸 효과라고 알고 계세요? 자신의 속도가 움직이는 주변 환경과 같다면 같은 장소에 머무를 수밖에 없고 아무리 애를 써도 앞으로 나아갈 수가 없는 것을 가리키는 말이에요." 제자리에 머물기 위해서는 온 힘을 다해 뛰어야 한다. 만약 다른 곳으로 가기 위해선 지금보다 최소한 두 배는 빨라야 한다.

　　　　　　　　　－ 『독서천재가 된 홍대리』 이지성·정회일

출구 없는 날들이 계속되었다. 죽을힘을 다해 살았지만 길 없는 벼랑 끝에 선 기분이었다. 절망 속에서 『독서천재가 된 홍대리』를 읽었다. 읽기만 하면 운명이 바뀐다고? 먹고 살기에 바쁜데 일 년 10권도 아니고 한 달 10권을 읽는다니! 되든 안 되든 막막한 상황을 벗어나고 싶은 간절함이 있었다. 하라는 대로 무작정 책을 읽기 시작했다.

2011년 9월 전까지 읽은 책은 안데르센 그림동화, 순정만화와 추리소설 홈즈 시리즈가 전부였다. 그때부터 소원했던 책과 친해졌지만 기대치를 따라주지 못했다. 주인공 홍대리처럼 몇 달 만에 이루어지는 그럴듯한 인생 역전은 일어나지 않았다. 여전히 하루하루 쫓기는 시간에 벼랑 끝에 서 있는 위태로운 느낌이다. 그러나 달라진 두 가지가 있다.

첫째, 할 수 없다는 불가능은 할 수 있을지도 모른다는 가능성이 되었다. 불안으로 가득하던 인생에 미약하지만 확신과 기대가 생겼다. 똑같은 상황인데 전보다 한결 가볍게 버틴다. 둘째, 걱정으로 늘어지기보다 행동하기 시작했다. 행동은 불필요한 걱정으로 뿌연 시야를 말끔히 닦아주고 걱정은 반으로 줄었다.

온 힘을 다해 뛰어도 제자리일 때가 있고, 온통 어둠뿐인 곳에 갇혀 숨 막힐 때도 있다. 독서가 인생을 통째로 변화시킨다고 말하는 게 아니다. 내게 그랬듯, 독서는 한 걸음 나아가는 힘이 되고, 어둠을 밝혀주는 불빛이 된다. 사실 절망으로 몰아붙인 건 다른 무엇이 아니라 나 자신이었다.

독서하는 시간은 삶의 의미를 부여하는 순간들의 합이다. 작은 불빛을 모으고 모으다 보면, 절망에 끝도 모를 어둠이 두렵지 않다. 불빛들이 모여 어둠은 자연스레 사라지게 될 테니.

3장

100세 시대
내 몸 경영 잘 하고
계신가요?

1.
한 대 맞아야
정신을 차린다

(미라클여신)

아프지 않으면 나아지지도 않는다.

– 『운동 미니멀리즘』 이기원

천성적으로 운동을 싫어한다. 그래서 안 하고 살았다. 한마디로 크게 아프지 않고 무난히 잘 살아왔다는 뜻이기도 하다. 약한 몸으로 태어나 아프고 골골거렸다면 일찌감치 운동의 중요성을 알고 실천했을 테니까. 그래서 사람이 미련하다고 하나 보다. 운동을 해야 할 나이임을 알면서도, 체력이 떨어지는 걸 느끼면서도, 당장 어디가 아프지 않으니 미루고 또 미뤘다.

'아프지 않으면 나아지지도 않는다'라는 짧은 문장이 내게 와서 꽂힌 데는 이유가 있다. 2년 전 건강검진 때 갑상선에 꽤나 큰 결절이 발견됐다. 의사는 겁을 줬지만, 별거 아닐 거라며 대수롭지 않게 넘겼다.

간도 컸지. 작년 초, 결절이 두 배로 커져 있음을 보고서야 정신이 번쩍 들었다. 어떻게든 수술은 하고 싶지 않았다. '몇 달이라도 열심히 운동하고 좋은 것 먹으면 결절이 작아지지 않을까? 그럼 수술하지 않아도 되잖아?' 꿈은 야무졌다. 그렇게 운동을 시작하고 음식에 관한 공부를 하며 잘 먹는 것에 신경을 썼다. 결국 수술로 한쪽 갑상선은 떠나보냈지만, 지금 생각하면 그 결절은 앞으로 남은 50년은 건강 챙기며 살라고 하늘이 내린 선물이었다.

가지고 있을 때는 가진 것을 지키라는 말이 와닿지 않는다. 꼭 잃고 나서야 지나간 누군가의 충고를 떠올린다. 나 또한 그랬으니 이런 말 할 자격은 없지만, 그래도 하고 지나가야겠다. 이렇게 해서 단 한 사람이라도 건강을 지킬 수만 있다면 그만한 보람이 어디 있겠는가.

아프지 않다고 멀쩡한 것이 아니며, 먹을 수 있다고 음식이 아니다. 당신의 몸은 당신이 신경 써주는 만큼, 당신이 입에 넣어주는 만큼 딱 그만큼 반응한다. 부디 당신의 몸을 아무렇게나 처박아두지 말기를, 당신의 입에 아무 음식이나 넣지 말기를 신신당부 드린다.

2.
나를 위한 건강한 움직임, 간헐적 단식

(가슴설렘)

간헐적 단식의 진정한 목표는 단순한 체중감량이 아니다. 공복으로
몸을 청소하고 좋은 영양소를 섭취하여 건강을 회복하는 것이다.

– 『간헐적 단식? 내가 한 번 해보지』 아놀드 홍

겉보기와 달리 어렸을 때부터 난 튼튼한 체질이 아니었다.

중학교 1학년 때는 키도 작아 여자 2번이었는데, TV에 나오는 것처
럼 조회 시간에 운동장에 쓰러졌다. 그러다 고등학교 수련회 때 또 쓰
러졌고, 6년 전엔 면접 보러 가는 지하철에서 갑자기 앞이 깜깜해지더
니, 눈을 뜨니 지하철은 멈추고 119에 실려 가는 내가 보였다. 검사 결
과 '미주신경성 실신'으로, 딱히 치료할 방법이나 약이 없어 그냥 주의
할 수밖에 없었다.

그러다 우연히 책을 통해 간헐적 단식을 알게 되었고, 북벤져스를

통해 아놀드 홍 대장님을 직접 만나 하나뿐인 내 몸을 생각하고, 좋은 음식을 먹음으로써 내 몸을 사랑하는 법에 대해서 알게 되었다. 책을 통해 배운 게 많았는데, 아놀드 홍 대장님께서 많은 지식과 정보를 쉽게 이해할 수 있게 설명해주셔서, 내 몸과 건강의 중요성을 느낄 수 있게 되었다. 단순히 내 혀를 위한 감정적인 식사가 아니라 내 몸이 원하는 건강한 식사를 하기 시작했다.

밤 8시부터 다음날 12시까지 단식, 오후 12시부터 8시까지 식사를 하는 16:8의 간헐적 단식을 시작했다. 주말엔 가끔 더 길게 단식을 이어 가기도 했다. 단식 시간 동안은 내 몸에도 휴식과 청소의 시간이 주어지는 것 같아 배가 고프긴 했지만 견딜 수 있었다. 웬만해선 살이 잘 빠지는 체질이 아닌데, 신기하게 체중계 숫자가 줄어드는 게 보이니 신이 났다. 식습관과 자세만 바꿔도 건강한 몸이 된다고 하던데 감사하게도 처음으로 해본 간헐적 단식은 나에게 잘 맞았다.

이 책이 나올 때까지 건강하게 3kg 빼기가 목표인데, 어찌 되었을까? 껍데기가 아닌 속부터 멋지고 건강한 내가 되길 바라며 배가 고프지만 내 몸이 깨끗이 청소되는 16시간을 기다리며, 오늘도 잠을 청한다.

3.
몸이
명품이다

(긍정러너 하야짱)

가장 비싼 옷은 내 몸이다.

— 『몸이 먼저다』 한근태

어렸을 때부터 나는 특별히 아픈 곳 없이 자랐다. 학교 다닐 때는 키가 커서 운동하라는 소리도 많이 듣고 또 육상선수도 잠깐 하기도 했다. 그러다 결혼해서 아이를 낳고 육아를 하면서 고질적인 요통으로 고생을 많이 했다.

그런데다가 돈 많은 사모님만 걸린다는 '신우신염'으로 2~3년에 한 번씩 고열로 병원에 입원해 치료를 받는 생활을 이어왔다. 아프면 약을 먹고 치료를 좀 받다가 좀 나아지면 다시 또 생계를 위해 열심히 일하면서 '누구나 다 이러고 사는 거지'라며 스스로를 달래고 어르며 살아왔다.

그러던 중 친정엄마가 허리 때문에 걷지 못하게 되면서 가족들이 대소변을 받아야 하는 상황이 생겼다. 인생은 60부터라는데 너무나 젊은 나이에 엄마가 요양원에 들어가 일상생활의 어려움을 겪게 되는 것을 목격하면서 이건 아니다 싶은 생각이 번뜩 들었다. 그리고 '운동을 정말 해야겠구나'라고 생각했다.

허리 근력에 좋다는 필라테스로 내 운동은 시작됐다. 처음으로 비용을 들여서 운동을 시작한 나는 1년 동안 운동을 하면서 한 번도 빠지지 않고 열심히 다녔다. 그리고 여자라면 한 번쯤 해보고 싶은 바디프로필에 도전하며 몸만들기에 들어갔다. 운동을 시작하고 너무 힘들 때는 '이걸 꼭 해야 하나'라는 생각으로 포기하고 싶었던 위기도 있고 힘들 때도 많았다.

하지만 매일매일 반복하는 나의 루틴으로 내 몸이 점점 바뀌는 걸 직접 확인하면서 운동이야말로 가장 거짓 없고 공평한 과정과 결과라는 생각이 들었다. 변해가는 내 몸을 보면서 들었던 그 성취감은 이루 말할 수 없다.

그 어렵다는 바디프로필 사진을 멋지게 얻고 나서부터는 몸매보다는 건강을 1순위에 두고 운동을 하기 시작했다. 잘 먹고 잘 자고 열심히 운동하면서 고질병이던 허리도 좋아지고 신우신염도 운동 후에는 재발하지 않았다.

그리고 덤으로 얻은 게 있다. 50대 중반에 게스 청바지 26인치를 힘들이지 않고 입을 수 있고 하얀색 티만 입어도 멋지다는 얘기를 듣고 산다. 명품 옷이 필요 없다. 왜냐고? 내 몸이 명품이니까.

4.
매일 조금 더
나를 사랑해

(달콤솔직)

> 내 신체에 감사하는 것이 자신을 더 사랑하는 열쇠임을 비로소 깨달
> 았다.
>
> – 오프라 윈프리 『내가 확실히 아는 것들』

너무나 사랑스러운 첫째 아이가 5살 때였다. 살짝 열이 나긴 했지만 별 걱정 없이 어린이집에 보내려고 옷을 입히고 있을 때였다. 갑자기 아이의 머리가 뒤로 넘어가며 쓰러져 몸을 떠는 경련을 일으켰다. 짧은 순간이었지만 그 순간부터 나에겐 지옥의 시작이었다. 그 후로 1년간을 아이를 데리고 유명 대학병원 응급실을 전전하며 반미치광이처럼 지냈다. 경련의 원인을 알아내는 것, 맞는 약을 찾아내는 것, 이 모든 게 안개 속에 미로처럼 끝없는 악순환이었다. 아이가 쓰러지는 모습을 몇 번이고 볼 수밖에 없었던 나는 내가 대신 죽고 싶은 심정이었

고 모든 게 다 내 탓만 같았다. 다행히 아이에게 맞는 약을 찾아 복용하게 되며 경과를 지켜보게 되었지만, 그때 이미 내 건강은 최악이 되어 있었다.

아이가 조금이라도 힘들어하면 내 마음도 부서져 내려 끼니를 굶기 일쑤였다. 잠을 이룰 수 없어 술을 마시기 시작했고, 원형탈모가 한두 군데 생기기 시작했다. 내 몸을 방치한 나머지 머리카락이 다 빠지고 난 후에야 정신을 차리고 나를 다잡기 시작했다.

아이는 점차 건강을 되찾아가는 듯했지만 내 몸은 쉽게 돌아오지 않았다. 기도와 믿음의 힘이 아니었다면 아이는 건강해졌어도 난 망가졌을 것이다. 마음을 굳게 먹고 걷기, 산책하기, 햇볕 쬐기부터 시작해 조금씩 더 먹고, 푹 자려고 노력했다. 조금씩 얼굴에 생기가 돌고 머리카락도 자라나기 시작했다.

다시 그때로 돌아가라면 죽어도 못할 것 같다. 하지만 그 시절 덕분에 지금의 내가 존재하게 된 것은 확실하다. 전부 다 잃어 봤기에 다시는 잃고 싶지 않다. 그래서 날마다 조금씩 더 나를 사랑해 줄 것이다.

5.
두근두근 살맛나게
달립시다. 우리!

(럽앤그로)

운동은 육체는 물론이요, 정신에도 마술 같은 효과를 일으킨다. 기분이 좋아지고, 쌓였던 스트레스가 사라지고, 낙관적인 기분이 든다. 이런 단기적인 효과만으로도 운동은 얼마든지 해볼 가치가 있다. 그런데 꾸준히 오랫동안 운동을 하면 사람의 성격과 행동까지 바뀔 수 있다.

– 『마녀체력』 이영미

달리고 싶긴 하지만 꾸준히 달리는 것이 늘 어렵던 내가 드디어 조금씩 꾸준히 달릴 수 있게 되었다.

생각해 보았다. 그동안 내가 시도하다 멈추기를 반복했던 이유가 뭘까 하고. 설정(운동복, 운동화, 공원에서 뛰려다 가는 길에 지침 등), 타인의 인증을 의식한 목표나 계획, SNS 인증에 대한 부담, 이렇게 세 가지로 정리가 되었다.

그래서 바꾸었다. 인증은 맘 편히 접었다. 인증보다 달리는 게 더 중요하니. 복장은 지나치게 괴상하지만 않다면 스타일 따위 안드로메다로 보냈다(때로는 청바지를 입고 달리기도), 공원까지 가다 지치지 않도록 아파트 안에서 달렸다. 모자와 마스크로 무장하고 누가 보든 말든 신경 쓰지 않기로 했다(대신 좀 일찍 달렸다. 새벽).

그렇게 혼자만의 프로젝트, 딱 한 바퀴 한 달 달리기를 시작했고 '딱런'이라고 이름도 붙여주었다. 돌을 매단 듯 천근만근이던 다리, 한 바퀴 달리기도 버거웠던 첫 날의 그 참담함이 떠오른다. 이게 무슨 운동이야? 하는 내면의 비웃음을 잠재우고 꾸준히 달리는 게 중요하다고 스스로를 다독여 숨소리에 맞춰 맘속 구호를 외치며 딱 한 바퀴만 달렸다.

처음의 힘든 한 바퀴는 일주일쯤 지나 가벼운 한 바퀴가 되었고 거뜬한 두 바퀴로, 조금 힘든 세 바퀴로 차츰 늘어나 한 달을 훌쩍 넘기게 되었다.

체력장이 있던 시절 오래달리기 장면이 떠오른다. 앞장서서 1등으로 달리는 친구가 있는가 하면, 꼴찌로 달리다 선두에 따라잡히는 친구가 꼭 있다. 그 꼴찌 중 하나같은 나였다. 우리는 모두 다른 체력을 타고났다. 하지만 누구나 건강해질 자유가 있다. 운동은 갑자기 지나치게 하는 것 보다, 가장 기초적인 운동을 꾸준히 하는 것이 중요하다고 한다. 무슨 운동을 어떻게 할 것인지도 우리 선택의 자유이며, 아무것도 하지 않는 것도 우리의 자유이다. 그렇지만 아무것도 하지 않기에는, 운동하면서 달라질 자신의 멋진 모습을 모르고 죽기에는 우리 너무 아깝지 않은가?

그래서 외쳐 보았다. "두근두근 살맛나게 달려 봅시다. 우리!!"라고.
달리며 달라질 우리의 내일에 축하를 보낸다.

6.
몸으로
증명하라

(미라클흰둥이)

몸 상태를 보면 그 사람의 마음 상태를 알 수 있다.

– 『몸이 먼저다』 한근태

　나는 코로나 확찐자다. 코로나19 확진자에 빗대어, 코로나19로 살이 찐 사람들을 부르는 말이다. 지난해 체력증진과 다이어트를 위해 요가, 필라테스, 헬스, 수영을 시작했다. 하루를 운동 스케줄로 꽉 채우고, 아침 운동으로 시작해서 저녁 운동으로 끝냈다. 며칠 이런 생활을 이어가고 있었는데, 코로나19로 대부분의 운동 센터가 문을 닫게 되었다. 운동에 대한 열정으로 불타오르던 내 기세가 차츰 꺾이기 시작했다.

　운동을 쉬고, 먹는 양이 늘어나니 자연스럽게 내 몸은 보기 싫게 변해갔다. 거울을 마주한 내 모습이 마음에 들지 않으니 마스크 뒤로 자꾸 숨게 되었다. 한껏 꾸미는 것을 좋아하는 내가 집히는 대로 대충 입고, 사람들과의 만남도 미루게 되었다.

사실 지금의 내 몸은 코로나 때문이 아니라, 나 때문이라는 걸 안다. 운동은, 의지만 있다면 장소가 문제 되지 않기 때문이다. 헬스장이 아닌 집에서도 얼마든지 운동이 가능하다. 홈트 만으로도 몸짱이 된 사례는 얼마든지 찾아볼 수 있다. 운동하기 싫어지니 핑계를 찾고 있었다. '지금의 내 몸이 나 자신을 증명한다.'는 한근태 작가님의 말이 귓가에 맴돌아 부끄러울 뿐이다.

'현재 나의 모습은 지금껏 내가 하루하루 만들어온 결과물 그 자체다.'라는 이 말이 나의 뼈를 때린다. 해이해진 마음 상태가 나의 하루를 만들고, 결과적으로 내 모습도 만들어 낸 것이다. 더 이상 비겁하게 코로나에게 책임을 전가하지 않겠다. 이제 올바른 마음가짐으로 내가 잘 살고 있다는 것을 내 몸으로 증명하겠다.

7.
인생
프로젝트
(반빛홍)

네가 이루고 싶은 게 있거든 체력을 먼저 길러라. 평생 해야 할 일이라
고 생각되거든 체력을 먼저 길러라. 게으름, 나태, 권태, 짜증, 우울, 분
노, 모두 체력이 버티지 못해서, 정신이 몸의 지배를 받아 나타나는
증상이야.

정신력을 뒷받침하는 것은 체력이다. 체력이야말로 죽는 그 순간까지
유지해야 할 일생일대의 프로젝트다

― 『마녀체력』 이영미

몸과 마음은 서로 연결되어 있어서, 몸이 불편하면 마음이 똑바를
수 없고 마음이 불편해지면 몸이 건강해질 리 없다. 그런데 우리는 이
간단한 원리를 너무나도 쉽게 잊어버리는 것 같다.

예전의 나도 그랬다. 회사에서 스트레스 받았다고 매운 배달 음식

으로 마음을 달랬고, 몸이 피곤하다며 과자를 끼고 홈쇼핑만 봤다. 하지만 모두 임시방편이었다. 이런 삶의 방식으로 내 마음의 허전함을, 우울함을, 때때로 치밀어 오르는 화를 뿌리째 잠재울 수는 없었다.

그러던 어느 날 좋아하는 음악을 들으며 혼자 공원을 산책했다. 눈물이 나고 마음이 평온해졌다. 스스로가 자유롭고 행복하다는 생각이 문득 들더라. 내 직업이 상담사인데 그토록 갈망했던 마음의 치유가 고작 평범한 산책으로 해결되다니. 정말 신기하고 놀라운 경험이었다. 이제 나는 진심으로 육체와 마음의 연관성을 믿는다.

나를 진정으로 사랑한다면, 아프고 힘들 때 누워있지 말고 지구보다 무거운 내 몸을 조금씩이라도 일으켜서 걷고 뛰어보자. 이 세상에 내 마음대로 할 수 있는 일이 없어서 사는 게 고단하다고 느껴진다면 뒤엉켜진 생각들을 모두 멈추고 운동을 해보자!

아, 나는 이렇게 한 발 한 발 내딛고 앞으로 나아가는 사람이구나. 내 숨소리를 온몸으로 느껴보자. 지금 여기에서 살아 숨 쉬는 내 모습에 숙연해질 순간이 온다. 그 길의 끝에서 결국 우리는 성장하고 빛날 것이다. 어떻게 아냐고? 바로 내가 그랬으니까.

8.
운동은 몸과
영혼의 치유제

(블레씽메이커 에블린)

그래서 버나드 쇼는 '건강한 육체에 건강한 정신이 깃든다는 말은 옳지 않다. 사실 건강한 육체는 건강한 정신의 결과다'라고 말한 듯싶습니다. 운동은 해서 좋은 것이 아니라 반드시 해야만 하는 일입니다. 운동은 몸과 영혼을 치유합니다. 보상이며 즐거움의 근원이고, 최고의 재충전 방법입니다.

　　　　　　　　　- 『잠들기 전 10분이 나의 내일을 결정한다』 한근태

"너는 먹느라 돈 쓰고 또 살 뺀다고 돈을 쓰니?"

결혼 전까지 엄마가 나에게 하신 잔소리다. 중학생 때까지 날씬하고 건강한 몸이었다. 고등학생이 되면서 부모님과 떨어져 자취를 했다. 늘 갓 지은 밥에 갓 만든 반찬으로 식사를 챙기는 엄마 밥에서 벗어나 처음 먹은 라면이 어쩜 그리 맛있는지, 하루에 두 개씩 매일 먹어도 질

리지 않았다. 그렇게 맛있게 먹은 라면 덕분에 나는 '평생 다이어트'라는 숙제를 떠안고 살고 있다.

다이어트도 운동보다는, 쉽게 살을 뺄 수 있는 약으로 해결하려 했다. 젊은 날에는 그게 쉽고 편해서 좋았다. 이제는 먹으면 심장이 벌렁대고 불면증이 생기는 다이어트약의 부작용이, 살찐 몸보다 더 싫다. 그래서 결혼을 앞두고 필라테스를 시작했다. 다른 운동과 다르게 석 달 넘게 꾸준히 해보니, 체지방이 줄고 바디 라인이 예뻐지는 게 눈에 보였다. 운동으로 예쁘고 건강한 몸이 만들어지니 신기했고 신이 났다. 필라테스는 내가 즐겁게 할 수 있는 유일한 운동이 되었다.

덕분에 자신감이 하늘을 찌르던 시절도 있었지만, 출산 후 육아하면서 뱃살은 다시 늘기 시작했고, 10kg이 넘는 아이를 매일 안아주다 보니 허리 통증으로 2~3일을 꼼짝 못 하고 누워 지내는 날이 정기적으로 찾아오기 시작했다. 병원에서도 수술보다는 운동을 권했다. 그런데도 여전히 게으름을 부리고 있다. 나이가 들수록 살기 위해서 운동을 해야 한다는 걸 더 실감한다. 운동은 해서 좋은 것이 아니라 반드시 해야만 하는 일이니까!

즐겁게 했었던 필라테스도 육아하면서는 사치다. 따로 시간을 내지 않아도 아이와 함께 할 수 있는 걷기가 지금 내게는 최고의 운동이다. 점심시간에 잠깐이라도 짬을 내 걷기도 하고, 때로는 작정하고 만보를 채워 걷는다. 걷다 보니 허리 통증은 물론이고 머리도 맑아진다. 역시 운동이 몸과 영혼의 치유제다. 아이가 아직 어리니 나는 더 건강하게 오래 살아야 한다. 내 몸과 영혼을 치유하는 운동, 미루지 말자.

9.
운동화를 신기까지만,
딱 거기까지만

(인생언니)

제가 살찌기 쉬운 체질로 태어났다는 것은 행운입니다. 제 경우 매일 열심히 하고 몸이 건강해졌습니다. 노화도 줄여줍니다. 오히려 가만 있어도 살이 찌지 않는 사람은 식사에 별 신경을 쓰지 않습니다. 필요가 없는데 무엇 때문에 운동을 하겠습니까? 그래서 더 위험합니다. 제게 달린다는 것은 습관이고 생활입니다. 오랫동안 달리기를 하면 신체 근육의 배치가 완전히 달라집니다. 매일 운동을 하면 자연스럽게 적정 체중이 유지됩니다. 몸이 멋지게 변하는 모습을 보는 것은 기분 좋은 일입니다.

– 『몸이 먼저다』 한근태

늦은 나이에 첫아이를 출산하고 요통이 정말 심했었다. 화장실에 기어가서 화장실 앞에서 우는 날도 있었다. 디스크는 아니고 바르지 못한 자세와 근육량 부족이니 운동을 하라는 의사의 조언을 듣고 말로만 듣던 PT를 알아보기 시작했다. 맘카페에 조언을 구하고 선생님을 찾았다. 운동 시작 한 달 만에 온전히 걷기 시작하였다. 그러나 바로 둘째를 임신하는 바람에 강한 근력운동을 못 하게 되었다. 출산 이틀 전까지 스트레칭만 하다가 둘째를 출산하고 백일 지나 운동을 시작하니 첫 수업에 선생님이 기절하셨다. 골반이 다시 틀어져 똑바로 서는 것이 불가능했던 것이다. 나는 바로 선다고 섰는데 직선이 아니었다.

나는 아직도 운동을 살기 위해서 하고 있다. 동지들이 올리는 운동 인증을 보면 어찌하면 저리 운동을 즐겁게 하는지 부럽다. 물론 운동을 하고 나면 몸이 가뿐하고 상쾌하다. 다만 운동 전까지 나는 아직도 치열하게 하지 않을 핑계를 찾는다. 운동하며 행복한 얼굴을 하는 동지들도 나처럼 운동 전엔 귀찮다는 말이 위안이 되었다. 모두 느끼는 감정은 같은가 보다. 다만 '운동화를 신을 때까지의 강한 의지, 딱 거기까지만 할 수 있느냐'가 문제다.

10.
건강 이상은 마음을
돌보라는 신호

(지감독 로아)

사람이 건강하게 산다는 건, 하고 싶은 일이나 의미 있는 일을 성취하기 위한 것 아닐까요? 그러기 위해 건강에 주의를 기울인다면 좋은 일이지만, 그저 건강 자체가 목적이 되어버리는 건 뭔가 아니라는 생각이 듭니다.

     - 『나이들수록 인생이 점점 재밌어지네요』 82세 할머니 마짱

몸이 아프면 만사가 귀찮아진다. 몸과 마음은 연결되어 정신력으로도 어쩔 수 없는 무기력은 왠지 마음까지 약하게 만든다. 아프면 입맛도 없어지고 재미도 없어진다. 좋은 가르침도 들어오지 않는다. 건강을 지키는 게 체력 약화로 인한 불편함이나 통증으로 인한 고통을 줄이기 위해서만은 아니다.

몸만 건강하다고 잘 산다 말할 수 없다. 건강을 지킨다는 의미는 무

엇일까? 진짜 건강은 신체뿐만 아니라 마음도 지키는 것이다.

건강하게 산다는 건, 재미있게 살고 있음을 느끼는 것이다. 신체가 건강한들 되는대로 살면 무료하고 반대로 억지로 살면 지치게 된다. 재미있는 인생은 다양한 경험이고, 건강할수록 더 많은 걸 보고 배울 수 있다. 그 과정에서 얻는 다양한 스토리와 경험이 인생에 재미를 플러스한다. 무채색이었던 인생이 화려해지고 풍성해진다.

살다 보면 한쪽으로 기울어질 때가 찾아오는데 이때 몸이 아프다. 바로 몸과 마음에 균형을 살펴야 한다. 건강 이상은 마음을 돌보라는 신호다. 하루 중 많은 시간을 성과와 성취에 할애하느라 바쁘다 아프다면 자기 자신에게 질문하는 시간이 필요하다는 경고다. 나는 과연 무엇을 위해 사는지, 진리라 믿는 것에 끌려가고 있지는 않은지 물어보자. 의외로 마음은 작고 소소한 행복으로 충전된다. 성과를 위해 사느라 잘 먹고 잘 쉬는 일상에 소홀하지 말자. 천천히 가는 것에 대하여, 조급해하지 말자.

4장

일상을 쓰고 기적을 만나는 글쓰기 함께 하실래요?

1.
진리는 늘
단순하다
(미라클여신)

모든 문서의 초안은 끔찍하다. 글 쓰는 데에는 죽치고 앉아서 쓰는 수밖에 없다. 나는 『무기여 잘 있거라』를 마지막 페이지까지 총 39번 새로 썼다.

- 어니스트 헤밍웨이

강박관념이라고 해야 할까. 일기를 쓸 때조차도 잘 써야 한다는 부담감에서 벗어나지 못했다. '저 작가들은 어떤 능력을 타고났길래 저렇게 쉽게 읽히는 책을 쓰고, 저렇게 멋들어진 문장으로 가득한 책을 쓸 수 있는 걸까?' 부담감은 궁금함으로 이어졌지만, 궁금증을 해소하기 위해 더 나아가지는 않았다. 두려웠기에.

2년 전, 독서를 하기 시작한 뒤로도 한동안 글쓰기 책에는 손을 대지 못했다. 이유를 안다. 글쓰기 책들을 보고서도 내 글이 나아지지 않을까 봐 두려웠다. 그러던 어느 날, 책을 써보라는 권유를 받고 글쓰기 책들을 추천받았다. 존경하는 분이 책을 쓰라고 하시니 그러겠다고 했고, 추천해 주신 책들을 읽지 않을 수 없었다. 너무나 단순해서 그게 정답일 거라고 상상도 못 했던 진리는, 내가 읽은 글쓰기를 주제로 한 모든 책에 빠지지 않고 적혀있었다.

'쓴다. 그리고 고친다.' 이게 전부라니! 허무할 수도 있었으나 한편으로 시원했다. 어떤 특별한 재능이 있어야 잘 쓸 수 있는 게 아니었으니까. 그저 내 글에 얼마나 정성을 들이느냐, 얼마나 쓰고 또 고쳐 쓰느냐에 달려 있었다.

재능보단 끈기. 모든 인생사의 진리는 글쓰기에서도 예외가 아니었다. 헤밍웨이에게도 적용되니 말이다.

2.
마음 쓰레기통에서
작가 가슴설렘으로
(가슴설렘)

글을 쓸 때는 모든 것을 내려놓아라. 당신의 내면을 표현하기 위해 단
순한 단어들로 단순하게 시작하려고 노력하라.

- 나탈리 골드버그

영화 〈비커밍제인〉을 보았다. 글쓰기를 좋아하는 주인공은 기분이
좋지 않거나 화나는 일이 있으면 종이에 자신의 감정을 다 적었다. 그
리곤 그 나쁜 말들이나 생각들을 조각조각 잘라서 버린다. 일종의 '마
음 쓰레기통'인 것이다.

그 장면이 너무 인상 깊어 나도 따라 해보았다. 까맣게 가득 찼던
내 마음이 하얗게 비워지는 느낌이 들고 너무 후련했다.

비록 분노와 흥분으로 글쓰기를 시작했지만, 그 끝에서 객관적인
시각으로 상황을 보게 되면서 나의 반성도 함께 왔다. 그리고 주변 사

람들에게도 나의 나쁜 감정이 전달되지 않았고, 전보다 마음의 안정도 빨리 찾아왔다. 그 후 글쓰기가 자연스러워졌지만, 결과물을 볼 때면 연습의 필요성을 느꼈다. 주변에서 독서와 함께 한 줄만 써도 되니 서평 쓰기를 권했고, 지금까지 120여 개의 서평을 썼다. 내용은? 한 줄 이상인 것에 만족한다.

그러다 운 좋게 미라클여신님을 만나 북벤져스에 들어오면서 공저로 책을 낸다고 했을 때 염치 무릅쓰고 신청을 했다. 평생에 이런 기회가 몇 번이나 올까? 든든한 북벤져스 9명과 함께 하니 마음이 조금은 편해졌고, 서로 응원해주는 모습에 도전할 수 있게 되었다.

아직도 남들이 내 글을 읽는다고 생각하면 너무 부끄럽긴 하지만, 'ㅋㅋㅎㅎ'를 쓰던 나도 할 수 있기에 누구든 자신감을 갖고 글을 썼으면 좋겠다. 머지않아 '디지털 노마드'로써 여행을 하며 나의 여행책을 내는 날이 오길 기대하며 설레는 글쓰기가 될 때까지 오늘도 무엇이든 적는다.

3.
뻔뻔하게
글을 쓰자

(긍정러너 하야짱)

여러분이 쓰고 싶은 것이라면 무엇이든지, 정말 뭐든지 써도 좋다. 단, 진실만을 말해야 한다.

– 스티븐 킹

나는 지금까지 일기를 써본 적도 없고 하다못해 좋은 글을 메모해 본 적도 없으며 주부라면 한 번씩 써봤다는 가계부조차 써본 적이 없다. 그런 내가 지금 책을 쓰겠다며 겁 없이 글쓰기를 시작할 수 있었던 건 북벤져스 독서모임의 영향이 크다.

독서모임 추천도서를 읽고 리뷰를 쓰면서 글이란 걸 써보기 시작했다. 처음에는 책을 읽는 것도 힘든데 리뷰까지 써야 하니 고구마를 한 가득 입에 넣은 느낌이었다. 시작은 블로그에 글을 쓰고 카톡방에 올리는 것으로 시작했다.

혹시 친구들이 나의 글을 읽고 흉보면 어떡하지 하는 두려움도 있었던 게 사실이다. 하지만 어디서 그런 용기가 났는지, 뭐 어때 처음이니까 못 쓸 수도 있지 하는 뻔뻔함으로 꾸준히 글쓰기를 했다. (이 용기와 도전도 운동으로 맛본 성취감의 힘이 아닐까 생각이 든다.)

아직도 여전히 멋진 단어로 감동을 주는 글을 쓰기는 어렵다. 그렇지만 진심을 담아서 있는 그대로의 나를 들여다보고 진짜 나를 발견하다 보면 시간 가는 줄 모를 만큼 글쓰기가 재미있다. 그럴 땐 혼자서 빙그레 웃음이 난다. 글을 쓰고 있는 나 자신이 너무 대견해서다.

그렇게 조금씩 자존감이 생기니 글쓰기가 무섭지도 않고 어렵지도 않다. 다른 친구들처럼 멋지게 글을 쓰는 날까지 난 꾸준히 글쓰기를 할 것이다.

4.
글쓰기,
약이 되다

(럽앤그로)

글쓰기의 치유 효과는 쓰는 과정에서는 물론, 시간이 지난 후 써놓은 글을 읽을 때 더 크게 느낀다. '아, 그때 이랬구나' 하고 반추하면서 새로운 용기를 얻는다. 독백에 머물지 않고 글을 남에게 보여주며 고백하면 고해성사 같은 카타르시스를 느낄 수 있다. 그뿐 아니라 글을 읽는 이들의 상처까지 어루만져준다. 그래서 글은 나눌수록 좋다.

– 『나는 말하듯이 쓴다』 강원국

말하기는 내게 늘 어려운 숙제였다. 말은 어려워도 글은 참 쓸 만하다 싶었는데, 어느 순간부터 글도 심히 어려워졌다. 이전에 쓴 글을 보며 이게 내가 쓴 글인가? 할 정도로 퇴행이 보이는 시기가 아프게 지나갔다.

내가 책을? 과연 쓸 수 있을까 싶었지만, 책 쓰기 모임을 통해 두려움을 밀어두고 다시 글을 쓰기 시작하면서 치유가 이런 것이구나 하는 순간들을 만나게 되었다.

충조평판 없는(충고, 조언, 평가, 판단) 맘 넓은 친구인 백지 위에 꺼내지 못했던 많은 말들을 맘껏 써보며 위로도 얻고 기쁨도 얻었다. 읽어주고 공감해주고 격려해주는 멤버들과 함께 울고 웃으며 참 좋은 친구를 아홉이나 얻는 복을 받았다. 물론 창작의 고통은 덤.

그리고 출간까지의 과정을 통해 내가 쓴 글로 내가 다시 일어설 힘을 얻는 신기한 경험도 했다.

수많은 인생의 계절들을 지나 지금 여기 내가 있다. 이만큼 뿐이라 하지 않고 지금에 감사할 수 있게 해준 고마운 글쓰기, 여기서 멈추지 않고 오직 쓰기로만 향상될 수 있다는 쓰기의 역사를 앞으로도 이어갈 것이다. 시가 되고, 노래가 되고, 작품이 되기까지.

5.
글쓰기는
내 발등 찍기

(미라클횐둥이)

잘 쓰려면 잘 살아야 합니다. 잘 살기 위해서는 가장 먼저 나 자신과 친하게 지내야 합니다. 어려운 말이지만, 좋은 글은 좋은 삶에서 나옵니다.

– 『그리움의 문장들』 림태주

어려서부터 글을 끄적거리기 좋아했다. 초등학교 1학년 때 독후감이 뭔지도 모르고, 줄거리와 감상을 몇 자 적었더니 학교에서 독후감상을 주었다. 상을 받아오니 주위의 기대를 한 몸에 받게 되었다.

정작 나의 글쓰기 실력이 돋보인 곳은 여느 백일장이 아니라, 친구들과 주고받은 편지였다. 중학교 시절에는 밤새 편지를 쓰며 친구들과 진한 우정을 꽃피웠다.

고3 시절, 수험생의 생활이 힘든 날에는 나 자신에게 편지를 썼다.

지금껏 잘 해왔고, 남은 시간도 잘 할 수 있다고 스스로를 다독였다. 그리고 짝사랑하던 아이에게 부치지 못할 편지를 수도 없이 썼다. 그 편지가 나의 '대나무숲'이었다. 그 시절의 글쓰기는 나를 보듬고 위로해주었다.

대학 시절에는 세상을 바꾸고 싶어 글을 썼다. 대학에 들어가서 마주하게 된 세상은 부조리 그 자체였다. 대학 비리, 역사 왜곡, 노동자의 현실에 대해 알아 갈수록 내 안에서 분노가 들끓고, 세상을 바꾸려는 열망이 솟구쳤다. 그러나 대안 없이 비판만 늘어놓은 내 글은 아무것도 바꾸지 못했다.

이제는 나의 글이 허공 속 메아리가 아닌, 강력한 힘을 가진 글이 되길 바란다. 그러기 위해서는 나의 글과 내 삶이 일치되어야 한다는 걸 알게 되었다. 글을 쓴다는 것은 올바른 삶을 살겠다고 선포하는 것이다.

이 책에 나는 새벽 기상, 독서, 운동에 대해 글을 썼다. 글을 쓴다는 것은 내가 그렇게 살고 있고, 적어도 그것만큼은 지키며 살겠다고 세상에 공표하는 것이다. 내 발등을 내가 찍었다는 후회가 들지 않게, 나는 내 글과 일치하는 삶을 살기 위해 매일 고군분투 중이다.

6.
나에게만 줄 수
있는 귀한 선물

(반빛홍)

내가 쓴 글이 곧 나다. 부족해(보여)도 지금 자기모습이다. 있는 그대
로의 자신을 드러내고 인정한다는 점에서, 실패하면서 조금씩 나아
진다는 점에서 나는 글쓰기가 좋다

– 『글쓰기의 최전선』 은유

북벤져스의 모임장인 미라클여신님의 권유로 책을 쓰게 되었다. 초
등학교 백일장, 좋아하는 독서실 오빠에게 보낸 쪽지 외에는 변변찮게
글 한 번 안 써본 내가 무슨 똥배짱으로 책을 쓰겠다고 손을 들었는지
모르겠다. 어쨌든 그 인연으로 나는 퇴근 후 매일 1시간씩 글을 쓰는
직장맘이 되었다. 처음에는 내가 쓴 글이 책으로 나온다는 생각만으
로도 기쁘고 흥분되었다.

하지만 글쓰는 게 어디 쉬운 일인가? 매일 밤 머리를 쥐어뜯고 있

고, 졸려서 눈은 천근만근이고 노트북 앞에 앉아있는 나 스스로가 외롭고 고독해서 뜬금없이 눈물을 흘리기도 했다.

그런데 엉망진창 말도 안 되는 글인데, 쓰면 쓸수록 느끼는 미묘한 카타르시스가 있었다. 그때 내 마음이 이랬구나! 나는 그 사람을 이렇게 생각했구나! 저 책이 나에게 이런 말을 해줬구나! 글을 쓰기 시작하면서 스쳐 지나갔던 이런 찰나의 순간과 감정을 다시 생각해 보고 오롯이 나에게 집중하게 되었다. 마침내 온 마음으로 나를 이해하고, 돌보고, 치유하기 시작했다.

그뿐인가? 우리는 서로의 글을 같이 읽고 공감하면서 관계의 문을 하나씩 열기 시작했다.

글쓰기는 내가 나에게만 줄 수 있는 보석보다 귀한 선물이다. 그리고 내 주변의 보석들을 알아차릴 수 있도록 도와주는 마법탐지기였다. 이제는 나도 글쓰기가 좋다.

7.
어쨌든 쓰다 보면
글이 길이 된다

(블레씽메이커 에블린)

소설가가 되려면 이렇게 하세요, 저렇게 하세요 하는 기존의 노하우에 미혹돼서는 안 된다. 여하튼 자기 작품을 쓰면 된다. 기법이야 아무럼 상관없다. '어떻게 쓸까'가 아니라 '어쨌든 쓴다'라는 것이 중요하다.

– 『작가의 수지』 모리 히로시

한때 문학소녀라는 말을 듣던 적이 있었다. 막연하게 작가를 꿈꿨다. 내가 다닌 초등학교는 글짓기 특화 학교였다. 작은 시골 학교라 학생이 몇 안 되었지만, 책을 읽으면 당연히 독후감을 써야 했고, 시를 쓰면 문예지에 실리는 것도 흔한 일이었기에 작가는 누구나 될 수 있다고 생각했다.

2년 전 블로그를 시작하면서, 멋진 글을 쓰고 싶었다. 한 편에 2~3

시간 정성을 들여 글을 썼다. 그런 나의 글에, 생각처럼 많은 사람이 관심을 가지지 않는다는 걸 알기까지는 오랜 시간이 걸리지 않았다. 멋진 글을 쓰겠다는 욕심을 부릴수록 글쓰기는 부담 그 자체였고, 재능 없다는 생각에 자존감이 무너져 내렸다. 수많은 글쓰기 책을 사서 읽기도 하고 강의도 들었지만, 좀처럼 글쓰기가 편해지지 않는다.

글쓰기에서 손을 놓으려던 즈음에, 우연히 기성준 작가님의 강의와 함께 그의 책 『글쓰기부터 바꿔라』를 만났다. 책을 읽고 강의를 들으면서 나의 글쓰기는 약간의 자유를 얻었다. '수많은 법칙이 존재하지만, 당신이 쓰는 방법이 새로운 글쓰기 방법이 될 수 있다.'는 말이 내 글쓰기에 빛이 되었다.

여전히 누군가가 쓴 명문장과 깊은 울림이 있는 글들이 부럽지만, 나는 오늘도 나만의 글쓰기 방법으로 어쨌든 글을 쓴다. 다른 사람의 방법으로 어떻게 잘 쓸까 고민하기보다 내 방법으로 어쨌든 쓰다 보면, 내 글이 곧 내가 갈 길이 된다는 걸 이제는 안다.

8.
치유의
글쓰기
(인생언니)

우연찮게 시작한 글쓰기 교육에서 굉장한 일들이 펼쳐지기 시작했다.
단순한 글쓰기 모임에서 삶의 치유가 일어나기 시작했다. 전문적인
글쓰기는 아니었지만, 회원들이 소소하고 행복한 일들을 쓰기 시작
하였고, 그 일들을 현실에서 만나기 시작했다.

　　　　　　　　　　　　　　　－『글쓰기부터 바꿔라』 기성준

　일상이 무료하고 지겹다고 하는 내게 송수용 대표님이 감사일기를
쓰면 자꾸 감사한 일이 일어난다고 매일 감사한 일을 세 개씩 적어보
라 권유하셨다. 멀기만 했던 글쓰기가 나를 치유하는 방법일 수 있음
을 알게 된 것은 하루 감사한 일을 적기 시작하면서부터이다. 행운은
그것을 알고 감사한 사람에게 다시 찾아온다. 감사일기를 쓰기 시작하
고 나의 하루에 변화가 생기기 시작했다. 그런데 변한 것은 상황이 아

니라 내가 내 자신과 내가 사는 세상을 바라보는 시선이다. 이제는 같은 일이 일어나도 감사한 것부터 찾게 된다.

북벤져스 공동저서 프로젝트에 참가 후, 우리는 매일 글을 써서 단톡방에 올렸다. 매일 글을 올리면서 내 삶에 대해 얼마나 모르고 있었는지를 알게 되었다. 내가 무엇을 원하고, 무엇에 행복해하고, 무엇을 향해 가는지 나는 전혀 생각해 보지 않았다.

글쓰기는 내가 어떤 사람인지 질문할 수 있는 시간을 준다. 질문에 답을 찾아 글을 쓰다 보면 현재 나를 만나고 내가 앞으로 가야 할 길이 보이기 시작한다.

나는 우리 동지들의 글을 읽으며 내 상처가 다시 한번 치유 받는 것을 느낀다. '나만 그런 것이 아니었구나. 알고 보면 우리는 모두 모양만 다른 상처를 하나씩 지니고 있구나.' 이것을 알고 나니 무거운 마음이 조금 나아진다. 나도 그들과 함께 하고픈 소망이 생긴다. 혹시 지금 본인의 삶이 버겁다면, 우리 같이 감사일기를 시작해 보자.

9.
슬픔을 반짝이게
만드는 마법가루

(지감독 로아)

항상 보던 바나나와 파, 식빵과 요거트, 우유와 시리얼, 건물과 주차
장, 하늘과 구름, 한국 사람의 얼굴, 마트의 카트가 모두 새롭다. 분명
한국에도 다 있는 것들인데, 나는 전혀 다르게 적고 있다.

　　　　　　　　　　　　　　　　　　－『슬픔은 쓸수록 작아진다』 조안나

그녀의 문장에 잊고 있던 기억의 파편이 툭 떨어졌다. 몇 년인지 기
억나지 않을 만큼 망각에 있는 기억이었다. 숨어있다 떨어져나온 슬픈
기억을 주워 작게 만들고 싶어졌다. 도망가고 싶은 인생에 유일한 탈
출구이자 감당할 수 없는 슬픔을 달래준 유일한 친구가 일기였다.

일기를 쓴다기보다 글을 쏟아냈다는 표현이 적절하다. 덕분에 가시
투성이 선인장으로 사막에서도 살아갈 수 있었다. 숨이 막힐 때마다
종이 위에 쏟아내는 슬픔은 쓸수록 작아지는 슬픔 그 이상이었다. 작

아진 슬픔이 반짝거리기 시작했다.

글쓰기는 마법가루였다. 절대 변하지 않을 것 같은 것들이 변했다. 증오에 가까웠던 미움은 무관심으로, 가장으로 버거웠던 책임감은 적당한 가족애로, 외로움은 사랑으로. 스스로를 찌르던 뾰족뾰족 가시에도 너그러움이 생겼다.

쓰지 않았다면 모르고 지나쳤을 마음이다. 별다르지 않던 일상에 숨어있던 보물을 찾는 재미가 있다. 글쓰기 마법가루를 뿌려 놓으니 슬픔이 반짝인다. 마음서랍에 꼬깃꼬깃 접어놓은 슬픔들이 보석이 되었다.

5장

새벽, 당신은 꿈을 꾸고 있나요, 꿈을 이루고 있나요?

1.
새벽 3시의
여인

(미라클여신)

그는 모를 것이다. 아침에 일찍 일어나는 것만큼 나 자신과 매일 경쟁하는 일이 또 없다는 것을. 일찍 일어나지도 못하면서 의지, 인내 운운하는 사람들은 모두 가짜라는 것을 말이다. 그는 모를 것이다. 해 뜨기 전에 일어나 어제를 성찰하고 오늘 하루를 계획하는 사람의 삶이 보통 사람의 시작과 얼마나 다른지를. 그것이 쌓이고 쌓인 어느 날, 그 사람에게 얼마나 큰 힘이 생겨날지를. 그는 또한 모를 것이다. 아침마다 나를 이기는 그 성취감이, 그 자신감이 한 사람을 얼마나 성장시킬 수 있는지를. 그 뜨거운 에너지로 얼마나 많은 비범한 일을 해낼 수 있는지를 그는 모를 것이다.

– 『나는 오늘도 경제적 자유를 꿈꾼다』 청울림

어쩌면 그리도 오랜 세월 나를 내버려 뒀을까. 2019년 6월 8일, 이 책을 읽은 그 날은 하늘이 작정하고 내 인생에 벼락을 내린 날이었다. 그만 정신 차리라고.

소싯적부터 친척들 사이에 잠순이로 유명할 만큼 워낙 잠이 많았다. 새벽기상이라는 단어를 알 턱이 없었다. 찾아보니 이미 미라클모닝, 새벽기상이란 주제로 나온 책들도 부지기수였다. 지천명을 몇 년 앞둔 나이에 새벽기상을 처음 알았다니 남들 눈을 생각하면 창피할 만도 했으나, 천만에, 황홀했다. 이런 신세계가 있다니 창피함 따위는 안중에도 없었다. 어린 시절 크리스마스를 맞던 기분으로 난 그다음 날 새벽 5시에 눈을 떴다.

지금 나는 새벽 3시에 눈을 뜬다. 나의 꿈을 향해 오롯이 몇 시간을 집중한다. 그러나 내가 그 시각에 일어나 얻는 것은 시간으로 환산할 수 없는 자신감이다. 매일 그 시간에 이불을 박차고 일어나는 것으로 난 인생에 가장 싸우기 힘든 상대를 이기고 하루를 시작하니까.

우리는 안다. 살면서 매 순간 가장 큰 적은 나 자신이라는 것을. 새벽기상? 해보면 안다. 매일 새벽 나를 이긴 승리감이 하루하루 얼마나 큰 힘을 주는지를.

2.
페이크모닝, 미라클모닝을
위한 디딤돌

(가슴설렘)

아침에 일어나서 태양의 기운을 받고 열심히 일하는 것이 운명을 개척하는 길입니다. 아침에 일찍 일어나면 모든 것이 조용하기 때문에 마음이 상쾌해지고, 좋은 생각만 떠오릅니다. 밤에는 나쁜 생각이 쉽게 떠오르고, 아침에 좋은 생각이 나는 것은 그냥 그런 것이 아니라 기의 흐름이 그렇기 때문입니다. 늦잠은 빈궁단명의 원인입니다.

– 『절제의 성공학』 미즈노 남보쿠

북벤져스가 만들어지게 된 계기인 미라클 어벤져스에 참여하면서 의무적으로 아침 5시에 일어나기 시작했다. 팀별로 인증을 해서 카페에 올렸기에, 남에게 피해를 주고 싶지 않았다. 나를 위해서가 아닌 과제 성공 때문에 늘 7시경에 일어나던 내가 아침 5시에 일어나 활동을 시작했다.

성격이 FM이어서 처음엔 정말 수행평가처럼 기상인증을 위해서 일어났고, 남들도 다하고 좋다고 하니 그냥 했다. '왜?'라는 질문을 잘 하지 않는 성격이어서 정말 '그냥'했다. 하루하루가 지났고, 처음 약 10일 동안 난 'Fake Morning(페이크모닝)'을 했다. 알람 소리에 눈을 떴고, 기상인증 후 책을 읽다 다시 침대로 돌아갔다. 말 그대로 남들에겐 아침 기상을 한 것 같지만, 나에겐 가짜 아침을 맞이하고 있던 것이다.

일찍 일어나지 않고, 책도 잘 안 읽던 내가, 갑자기 5시에 일어나 책을 읽으니 집중도 안 되고 졸릴 수밖에 없는 건 당연했다. 하지만 일종의 위밍업, 디딤돌 단계인 페이크모닝 후, 아침 기상과 독서에 적응이 되어가기 시작했다.

약 18개월이 지난 지금도 아침 알람이 울리면, 페이크모닝과 미라클모닝 사이에서 망설이고 있지만 미라클모닝을 쫓아가려 한다.

이젠 남들이 시켜서 하는 보여주기가 아닌 나를 위한 시간을 가졌고, 나를 알아 가는 시간이 되었다. 아직 아침의 큰 기적을 보진 못했지만, 오늘의 변화가 바뀐 내 미래를 가져다줄 거라 믿는다.

요즘엔, 변함없이 꾸준하신 넘사벽 미라클여신님의 기상 시간인 3시에도 가끔 도전해 본다.

3.
미모가 뭔지
아시나요

(긍정러너 하야짱)

> 일어나야 하기 때문에 잠에서 깨는 게 아니라 목표를 가지고 침대를
> 박차고 나오게 하는 것이다.
>
> — 『미라클 모닝』 할 엘로드

미라클모닝을 줄여서 '미모'라고 한다. 2년 전 나는 이 말이 무슨 뜻인 줄도 몰랐다. 카톡방에서 '미모, 미모' 하는데 이게 무슨 뜻일까 궁금했지만, 그때 나는 톡방 친구들이 대화하는 것을 보고도 어떻게 끼어들어야 할지 몰라 눈치만 보는 수준이었다.

새벽 시간에 일어나는 것을 미라클모닝이라고 한다. 왜 미라클일까? 새벽 시간에 기적이 많이 일어나니 그런 이름이 지어졌겠지 생각하면서 '미모'를 하기 시작한 지 벌써 2년이 넘었다.

요즘 나의 생활은 새벽 4시 정도에 기상을 해서 좋은 글을 필사하

고 책을 낭독하고 독서를 하는 것이다. 5시부터 6시까지는 줌으로 요가 명상하는 친구들과 새벽을 맞이한다. 6시 이후에는 음악을 듣기도 하고 책을 보기도 하면서 나에게 필요한 공부를 한 뒤 운동을 한다. 오전 10시면 나의 일과가 거의 끝난다. 이렇게 시간을 보내고 나면 나 자신에게 한없이 칭찬해준다. '오늘도 참 잘했어.'

나의 인생도 바로 미모 덕분에 기적이 일어나는 것 같다. 다른 사람들은 모르겠지만 나는 안다. 지금 나에게 기적이 일어나고 있다는 걸. 어느 날 나만 알 수 있는 이 기적이 모든 사람에게 보이는 그날까지 난 계속 미모를 할 것이다.

4.
내가 주인이 되는 시간,
'새벽 4시 30분'

(달콤솔직)

> 나는 새벽을 '내가 주도하는 시간'이라고 말한다. 그 밖의 시간은 '운
> 명에 맡기는 시간'이라 표현한다.
>
> – 『나의 하루는 4시 30분에 시작된다』 김유진

나에게는 형님 한 분이 계시다. 명절이면 모여앉아 전을 부치고 고
기를 굽는 동서지간이지만 만날 때마다 에너지가 넘치고 이것저것 정
성 가득한 선물들을 베푸는 모습에 사람이 어쩜 이렇게 좋을까 생각
되는 분이시다.

언젠가 형님이 "내가 이렇게 자란 건 아버지 덕분이야"라고 얘기하
시며 형님의 아버지는 하루도 빠짐없이 새벽 3시에 일어나는 생활을
칠십 평생 가까이 해오셨다고 했다. 새벽 5시까지 집안 정리와 자식들
먹거리를 챙겨 놓고 장사하러 나가는 생활을 하셨다고 한다. 그 결과

꽤 많은 부를 쌓으셨지만 지금도 여전히 그 시간에 일어나셔서 하루를 준비하신다고 했다. 아! 이 말은 꽤 큰 충격이었다. 사람이 매일같이 새벽 3시에 일어날 수도 있다니.

나처럼 직장에 얽매여 일찍 일어나는 것이 아니라 스스로 좋아서 새벽 3시에 일어나는 사람이 있다는 사실이 첫 번째 충격이었다. 그리고 '내가 주도하는 시간'이 어마어마하게 누적되어 커졌을 때는 뭘 해도 단단히 이룰 수 있겠구나 하는 생각이 들었다.

이때만 해도 부러워만 하면서 정작 실천에 옮기지 못했던 내가 재작년, 북벤져스의 미라클여신님을 알게 되면서 단단히 결심을 하게 되었다. 365일 매일을 하루같이 꼬박 3시 기상을 하는 모습을 보고 있으려니 두 번째 충격을 받을 수밖에. 이때는 진짜 나도 변할 수 있다라는 확신이 들었다. 여신님과 함께 하니 예상외로 쉽게 4시 30분 기상을 할 수 있었다. 혼자였다면 작심삼일이 되었을 수도 있었겠지만 북벤져스 단톡방에서 함께의 힘으로 지금까지 꾸준하게 성공하고 있다.

해보니 어떠냐고? 출근 전까지 이 고요한 새벽 시간은 내가 주인이 되는 시간이었다. 시간 부자가 된 것 같은 기분이었다. 새벽을 이기고 나니 내 자신이 자랑스럽다는 생각이 들며 이렇게만 노력한다면 뭐든 이룰 수 있을 것 같다는 마음이 든다.

5.
두려운 것도 게으른 것도 아니다. 새벽의 맛을 모르는 것일 뿐

(럽앤그로)

해보자, 해보자, 해보자, 후회하지 말고!

– 김연경

여고 시절, 시험 기간 독서실. 엎드렸다 일어나보니 친구가 쪽지를 두고갔다. '너의 깨어있는 모습을 보고 싶어.' 끙. 서로 깔깔웃고 지나갔지만, 늘 고민이었다.

줄리아 카메론은 『아티스트 웨이』에서 이렇게 말한다. '미루는 것을 이젠 게으름이라고 부르지 말자. 그것은 두려움이다. (중략) 두려움의 치료제는 단 하나, 바로 사랑이다.'라고.

그래서 나는 먼저 내 피로함 뒤에 숨어있는 실패와 비난에 대한 두려움을 해결하기로 했다. 그로부터 작은 도전들을 시도하고 지속하며 조금씩 성공 경험을 쌓아가고 있다.

그런데도 여전히 새벽이 어려웠다. 개인차에 따라 밀도 있는 시간을 밤에 써야 할 경우도 있으니 그냥 미라클나잇을 선택해도 괜찮다. 그런데 여전히 새벽의 로망이 사라지지 않는다면? 그까이꺼 하면 되지 뭐.

미라클 어벤져스와 북벤져스 단톡방에는 새벽기상 인증이 매일 새벽 3시부터 시작된다. 아름다운 셀카, 새벽의 자연 사진들이 장관을 이룬다.

달리는 스포츠카들을 한참 바라보던 달팽이가 그 스피드를 꿈꾸다 마침내 부웅~하고 스포츠카의 속도로 움직이게 된 어느 애니메이션처럼 새벽을 활활 태우는 멤버들을 보며 나도 서서히 나쁜 규칙의 게임을 완전히 탈출할 힘을 내게 되었다.

새벽 알람을 끄고 다시 눕기가 일쑤이던 날들을 지나 버려지는 나의 새벽 시간이 진심으로 아까워졌고. 그 시간동안 하고 싶은 일을 그리며 즐겁게 할 수 있게 되었다. 여전히 넘어지고 일어서기를 반복 중이지만, 이제야 진정한 새벽의 맛을 알아가고 있는 것이다.

우리는 할 수 있었다. 다만 그 맛을 몰랐을 뿐. 이미 새벽기상이 좋은 습관으로 장착되신 분이라면 웅장한 맘을 가지셔도 좋다.

『생각의 비밀』에서 김승호 회장님이 말씀하셨듯이, 6시를 두 번 만나는 사람이 세상을 지배하기 때문이다.

6.
나의 n번째
미라클모닝

(미라클횐둥이)

"당신이 어떤 사람이 되도록 결정하는 것은 당신이 지금 무엇을 하느
냐이다."

– 『미라클모닝』 할 엘로드

과거에 내가 했던 선택과 행동들이 후회스러울 때가 많다. 맘에 들
지 않는 과거를 바꾸기 위해 타임머신을 타는 상상을 수도 없이 해봤
지만, 허탈할 뿐이다. 과거행 타임머신에 탑승해도 아무것도 바뀌지
않기 때문이다.

미래로 가는 타임머신은 달랐다. 눈을 감고, 되고 싶은 나를 떠올리
면 된다. 그게 미래의 나다. 나의 미래는 내 마음대로 만들어 낼 수 있
고, 바꿀 수도 있기 때문이다.

그래서 이제는 과거에 연연하지 않는다. 나는 성공하기로 마음 먹었

고 그것을 위해 선택하고 행동한다. 지금의 내 선택과 행동이 모여 미래의 나를 만든다는 걸 알기 때문이다. 나의 미래는 지금의 확장판이며 성장판이다. 지금 내가 결정하는 것들이 모여 미래의 내가 될 것이기 때문에 굳이 내 미래가 궁금하지 않다.

미래의 나를 위해 '지금' 해야 할 일로 선택한 것은 '미라클모닝'이다. 과거에는 꿈꾸면서 만났던 새벽을, 이제는 꿈을 이루기 위해 만나고 있다. '나의 라이벌은 어제의 나'라는 할 엘로드의 말처럼, 어제의 나태했던 나와 싸워 이길 것이다. 나는 미라클모닝을 통해 최고 버전의 내가 되고 싶다.

이런 다짐과는 달리 여전히 나는 미라클모닝에 자주 실패한다. 그렇지만 도전의 결과는 '성공' 아니면 '성장'이라는 말을 믿기에, 오늘도 n번째 미라클모닝을 이어나간다. n번째 실패하는 미라클모닝을 통해 나는 성장하고, 업그레이드 될 것이다.

7.
새벽달, 함께
보실래요?

(반빛홍)

편안한 영역에서 벗어날 때, 진짜 삶이 시작된다.

－『미라클모닝』 닐 도널드 월시

나란 인간은, '늘 편안하게 중간만 하자! 튀지도 말고 너무 뒤떨어지지도 말자!'를 인생 모토로 살아왔던 사람이다. 그런 나의 40년 인생 중 최고로 열정적이었던 순간은 공무원 시험을 위해 노량진에 갔을 때였다.

공부를 지독히도 싫어했던(물론 지금도 나는 공부가 싫다) 나는 시험에 합격할 자신이 없었다. 친구들과 놀기를 좋아해서 길고 긴 수험기간을 잘 참아낼 자신도 없었다. 해야 하나 말아야 하나 오랫동안 고민하고 방황했다. 하지만 도전하기로 결심하고 나서는 더 이상의 의심이나 두려움을 멈추고 나 스스로를 믿어보기로 했다. 내 선택을 절대 후회하지 않기 위해서 할 수 있는 모든 노력을 쏟아부었다.

하루에 6시간만 잤고, 밥은 2끼만 먹었다. 식사 시간, 이동 시간까지 철저히 계산했고, 친구, 술, 핸드폰, 잠 등 지금껏 내 삶의 대부분을 차지했던 모든 것을 끊었다. 새벽 5시에 일어나서 어김없이 6시에는 가방을 메고, 집을 나섰다.

나는 오늘도 열심히 살 거야! 나는 반드시 해낼 거야! 늘 새벽달을 보며 다짐하고 다짐했다. 결국 나는 내가 원하는 것을 이루었다. 그리고 그 경험과 기억들은 지금까지도 삶의 든든한 버팀목이 되고 있다.

만약 원하는 것이 있다면, 그냥 원하지 말자! 숨이 막히게 가슴이 터질 듯이 온 마음으로 원해보자. 그렇지 않으면 삶은 어제와 똑같을 수밖에 없다.

지금도 가끔 지치거나 힘들 때, 내가 잘 살고 있는지 스스로에게 반문할 때면 매일 보았던 그 새벽달이 문득 그리워진다. 그 시절의 뜨거운 열정과 간절함이 그리워진다.

어떠세요? 우리 내일부터는 같이 새벽달 보지 않으실래요?

8.
내가 꿈을 꾸는
동안 누군가는 꿈을
이루고 있었다

(블레씽메이커 에블린)

내가 세상 모르고 잠들어 있는 동안 어떤 사람은 내가 원하는 목표를 이루기 위해 치열하게 공부하고, 어떤 사람은 내가 원하는 위치에 이미 도달한 채 또 다른 목표를 향해 달려가고 있다. 이들에게 새벽은 수면시간이 아닌 활동 시간이다.

– 『나의 하루는 4시 30분에 시작 된다』 김유진

나의 첫 번째 미라클모닝은 중3 때다. 시골 중학교에서 시내에 있는 명문 고등학교에 가기 위해서는 일정한 점수를 꼭 받아야 했다. 그때는 미라클모닝이라는 말도 몰랐고 누구의 강요도 없었다. 스스로 선택했던 일이었기에 두고두고 부모님의 칭찬을 받았다.

그렇게 고3보다 치열한 중3을 보낸 이후, 잠을 좋아하는 내 인생에 한동안 미라클모닝은 없었다. 아이를 낳고는 젖을 물린 채 잠이 들었다가 정신없이 일어나 출근하는 날들의 연속이었다.

어느 날 블로그를 보다 뒤통수를 한 대 얻어맞았다. 아이 때문에 내가 할 수 있는 게 없고, 나만의 시간이 없다고 불평하며 지냈다. 그런데 새벽 3시, 내가 상상조차 할 수 없는 시간에 깨어 성장과 성공을 향해 나아가는 사람들이 있었다. 정말 충격이었다. 내 시간을 도둑맞은 것 같은 기분이었다.

때마침 2019년 12월 미라클 어벤져스를 만나 내 인생의 두 번째 미라클모닝이 시작됐다. 한동안 잊고 있던 새벽 5시의 움직임은 미라클 그 자체였다. 새벽의 고요함과 상쾌함을 한 번이라도 맛본다면, 미라클모닝을 한 번도 안 해본 사람은 있어도 한 번만 하는 사람은 없을 것이다.

내가 잠자면서 꿈을 꾸는 동안, 프로 미라클모닝러들은 꿈을 현실로 이루어 가고 있다. 미라클모닝 그 자체가 꿈을 이루어주지는 않는다. 새벽시간을 헛되이 보내지 않는 좋은 습관이 채워져야 한다. 눈 뜨자마자 허겁지겁 출근하던 내가 이제는 책을 읽고, 글을 쓰고, 하루의 일정을 기록하고 차분하게 출근한다. 어느새 회사 동료들에게도 미라클모닝 전도사가 되었다. 새벽 5시, 나는 꿈을 쓰고 그 꿈을 이루어 가고 있다.

9.
아침 6분이면
충분하다
(인생언니)

알람 소리가 들리면 우리의 무의식에서 이런 말들이 떠다닌다. '벌써
깰 시간이야. 일어나야 해. 그런데 일어나기 싫어.' 이 말은 '나는 내
삶을 그렇게까지 열심히 살고 싶은 생각이 없어'라는 말과 다르지 않
다. 이런 부정적인 에너지로 아침을 채운다면 당신에게 좋을 게 하나
도 없다.

- 『미라클 모닝』할 엘로드

아이를 낳고 가장 힘들었던 부분은 내 시간이 오롯이 내 것이 아니
게 된다는 것이다. 아이에 맞추어 눈을 뜨고 밥을 먹고 생활하는 것이
나는 참 힘들었다. 혼자만의 시간을 갖고 싶었는데, 막상 혼자만의 시
간이 주어지면 카페에서 책을 좀 읽다가 끝나버리고 만다. 아침이 오
면 늘 똑같은 하루의 시작이었다. 이렇게 시간만 흘러가는 것이 한심

하게 느껴졌다.

이런 생각을 하며 우울해하고 있을 때 자기계발 수업 동기들은 2년이 넘게 내게 새벽을 알려왔다. 부담으로만 느껴지던 그들의 꾸준한 새벽을 알리는 문자가 궁금해져서 '나도 한번 해볼 수 있을까?' 하는 희망을 품을 수 있었다.

'일어나서 딱 6분만 버텨보자'라는 결심으로 새벽기상을 시작했다. 6분 동안 나는 조용히 앉아있는 침묵시간에 1분이 얼마나 긴지 느꼈고, 독서는 딱 한 페이지만 했으며, 다짐을 적어 내려가는 것은 1분이 안 걸렸고, 상상의 시간은 1분을 넘기기 일쑤였고, 감사일기는 한 줄로 마감했으며, 마지막 1 분은 스트레칭을 했다.

나의 첫 목표는 기적의 6분을 보내고 다시 침대로 가는 것이었다. '6분 후에 다시 잘 수 있어'라는 희망은 내가 6시에 뜰 수 있는 원동력이었다. 일주일 정도는 1분씩으로 마감했다. 그런데 1분이 2분이 되고 결국 1분마다 울리는 타이머가 귀찮아진다. 6분, 우리가 무시하는 이 시간이 나에겐 기적의 시작이었다.

10.
결과보다 과정에
집중하는 시간

(지감독 로아)

새벽은 무언가를 더 하기 위한 시간이 아니다. 충전하는 휴식시간이
다. 열심히 사는 방법이라기보다 계속 열심히 살기 위한 수단이다.

– 『나의 하루는 4시30분에 시작된다』 김유진

새벽기상은 『미라클모닝』을 읽으면서 시작되었다. 새해마다 적기만
하는 목표를 완성하고 삶을 변화시킬 수 있는 유일한 수단이 새벽기
상이라 믿었다. 이른 기상에는 상당한 의지력이 필요했다. 일어나지 못
한 날이 쌓일수록 '열정이 그것밖에 안 되니 이 모양이지.'하는 자책도
늘어갔다.

작심삼일 반복에 지쳐갈 때쯤 자기계발 강의 미라클 어벤져스에 참
여했다. 5시 기상은 처음이라는 멤버들과 새벽인증을 시작했다. 그런
데 이분들 처음 맞나? 하루도 빠짐없이 인증하는 걸 보고 있노라니

'되는 사람은 따로 있나?' 싶었다.

마음과 다른 징글징글한 새벽기상! 뒤처지고 싶지 않은 욕심은 있어 기상인증만 하고 잠들기 일쑤였다. 낮시간도 모자라 새벽까지 달리고 또 달리고. 부족한 나를 채우기 위한 시간이었지만 할수록 더 부족하게 느껴졌다. 삶을 업그레이드시키려면 일분일초도 아깝다. 쉴 틈 없이 달리다 찾아온 급격한 체력 저하까지. 이보다 더한 애증의 관계가 있을까.

그러던 중 만난 한 줄 문장으로 징글징글한 새벽기상이 기쁨과 행복으로 변신했다. 100프로 목표 완료에 연연하기보다 진짜 나를 위한 시간에 집중하기로 했다. 더 이상 숨차게 달리느라 피곤한 새벽이 아니다. 하고 싶은 걸 마음껏 즐기는 휴식시간이다. 오늘도 기쁜 마음으로 일어나 하루를 시작할 수 있는 힘을 충전한다.

6장

이 세상을 가장 빛나게 하는 것, 사랑

1.
다시 한번
올인

(미라클여신)

무엇을 하든 첫 번째 의미를 나에게 두라. 나를 위해 선물하고 나를
위해 웃고 나를 위해 울고 나를 위해 노래하라. 나 자신의 능력을 믿
고 아낌없는 지지를 보내라. 가장 먼저 내가 행복해야 주변도 돌아보
게 되고 좋은 일도 나쁜 일도 나눌 수 있다.

- 『괜찮은 위로』 김정한

모르고 살았다. 사랑의 대상에 내가 포함될 수 있는지를. 주구장창
남만 사랑하며 남을 위하며 살았다. 그게 '제대로 바르게' 사는 건 줄
알았다.

20대에는 연인에게 사랑을 바쳤고, 서른 이후는 아이에 올인하며
살았다. 사랑하는 대상이 잘 되길 바라며 내가 할 수 있는 모든 노력
을 다했다. 그게 내 사랑의 방식이었다. 돌이켜보면, 내게 사랑의 정의

는 '나의 노력으로 상대를 활활 타오르게 만드는 것'이었다. 지금 생각하니 서글프다. 나 자신은 안중에도 없었다. 잘 되길 바라며, 아낌없이 모든 걸 준비하고 바치던 대상에 나는 없었다. 과외 선생님들을 알아보고 학원을 쫓아다니며 아이의 미래를 위해 올인하는 동안, 나의 꿈이나 미래는 먼지만큼도 생각하지 않았다.

2년 전 독서를 시작하고, 자기계발 강의들을 들으며 비로소 47년 만에 내가 보이기 시작했다. 얼마나 울었는지 모른다. 그 사랑을 나에게 퍼부었으면 지금쯤 하고 싶은 일 하면서 훨훨 날고 있었을 텐데. 나를 고개 들고 쳐다볼 수가 없었다.

지금 나는 내게 꿈을 이룰 기회를 만들어주려고 고군분투한다. 그렇게 그동안 못다 한 사랑을 갚아나가려 한다. 사랑은 시간이다. 내게 주어진 시간을 오롯이 나의 성장을 위해 쓰는 것으로 날 사랑하려 한다. 그렇게 내 사랑에 다시 한번 올인해보려 한다.

2.
단어만으로도
벅찬 사랑 '엄마'
(가슴설렘)

엄마를 이해하며 엄마의 얘기를 들으며 세월의 갈피 어딘가에 파묻혀 버렸을 엄마의 꿈을 위로하며 엄마와 함께 보낼 수 있는 시간이 내게 올까? 하루가 아니라 단 몇 시간만이라도 그런 시간이 주어진다면 나는 엄마에게 말할 테야. 엄마가 한 모든 일들을, 그걸 해낼 수 있었던 엄마를, 아무도 기억해주지 않는 엄마의 일생을 사랑한다고. 존경한다고.

- 『엄마를 부탁해』 신경숙

사랑. 하니 제일 먼저 떠오르는 건 우리 엄마였다. 생활력과 체력이 강한 우리 엄마는 못 하는 게 없으시다. 요리, 살림, 사업 등. 엄마는 아직도 나보다 피부가 좋고 예쁘고 옷 입는 센스도 뛰어나시다. 지금 내 나이에 우리 엄만 아이 셋을 키우며 화장품 가게도 하셨다. 중학생인 나와 언니를 학교에, 나이 차이가 크게 나는 막내동생은 유치원에 보내고 가게로 출근하셨다. 아빠도 함께 하셨지만, 집안일도 거의 다 하셨다.

엄마라는 이유만으로 힘듦을 감수하고 사랑을 주시는, 모든 것이 뛰어난 원더우먼이 '우리엄마'이시고, 그녀는 여전히 나의 롤모델이시다.

가끔 본가에 내려가면 며칠 전부터 새벽시장을 다녀오시고, 내가 좋아하는 걸 엄청나게 준비해 주신다. 먹는 것뿐 아니라, 혹시나 환경이 바뀌어 잠자리가 불편할까봐 이불, 잠옷까지 신경 써주신다. 전보다 다리도 불편하시고 본인의 몸이 매우 힘드신데도 어떻게 그럴 수 있을까? 이 세상에 아무런 조건 없이 이렇게 날 이해해주고 아낌없이 사랑해 주며, 헌신이라는 단어를 붙일 수 있는 사람이 누가 있을까?

마음속으론 늘 감사한 마음을 갖고 매번 잘해드리고 와야지 하지만, 결국엔 짜증을 부리거나 무뚝뚝한 말을 하고 와선 늘 미안하고 죄송스럽다.

나의 직업이 아이들을 가르치기에 학부모님들과 전화상담을 하는 경우가 많다. 학부모님들과 웃으면서 긴 시간 상담을 하고 막상 나에게 가장 소중한 엄마의 전화가 왔을 땐, 바쁘다, 피곤하다는 핑계로 통화도 자주 하지 않고, 짜증만 내고 빨리 전화를 끊는 나를 보며 순간 뭔가 잘 못 되었다는 것을 느꼈다.

나의 삶에서 가장 중요하고, 소중한 사람은 누구지? 하는 생각이 들었고 엄마께 너무 미안해졌다. 감사하게도 이 책을 통해 애교도 없이 늘 툴툴거리고 연락도 자주 하지 않는 둘째 딸의 미안한 마음, 엄마께 너무 감사하는 마음, 늘 존경하고 사랑하는 마음을 전해 드리고 싶었다.

세상에서 제일 멋진 윤혜정 여사님~.

여태까지 울다 웃다 참 많이 힘들었다, 그쵸?

이 또한 지나가고 앞으로 좋은 일 많이 생길 거예요.

그때까지 건강하시고 조금만 더 버티고 힘내주세요.

우리 만리장성도 가고 좋은 곳 여행도 많이 가야죠.

그동안 너무 힘든 길이였으니, 이제 꽃길만 남았어요.

우리 함께 꽃길 걸으며 소소한 행복 즐기며 살아요.

엄마의 딸이라 너무 자랑스럽고 존경하고 감사해요.

사랑합니다. 나의 엄마, 윤혜정 여사님.

3.
100배 행복해지는
방법이 뭘까요?

(긍정러너 하야짱)

자신을 사랑하는 법을 아는 것이 가장 위대한 사랑입니다.

– 마이클 매서

첫사랑? 뜨거웠던 사랑? 이별의 아픔? 특별하고도 재미난 에피소드? 이런 단어를 읽거나 들으면 나는 아무 생각이 없다.

재미난 추억이나 행복한 추억, 그런 건 나에게는 없다. 여자로서 참 무미건조한 인생을 살아온 것 같다.

지금의 남편과 결혼할 때도 사랑을 했었나? 모르겠다. 그냥 편하고 좋은 사람이니까 결혼을 결정한 것 같다. 내 아이들에게도 사랑을 주면서 키우지 않았던 것 같고. 그냥 내 자식이니까 부모로서 마땅히 해야 하는 의무감으로 키운 것 같다.

여자라면 좋아하는 연예인 한 명은 있었을 법한데 나는 지금껏 한

명도 없었다. 이런 나 자신을 보면서도 불행하다는 생각은 들지 않았다. 하지만 사랑을 많이 받아본 사람이나 감수성이 풍부한 사람을 만나면 기분도 좋아지고 행복한 느낌이 들어서 '나도 저런 사람처럼 누구든 나를 만나면 기분이 좋아지는 사람이 되고 싶다.'라는 생각을 어렴풋이 하곤 했다.

이제는 사랑을 조금은 알 것 같다. 2년 전부터 새벽기상을 하고 시간이 나면 독서를 하고, 건강을 위해 운동을 꾸준히 하고, 도전하고 싶은 게 있으면 귀찮아하지 않고 하나씩 도전하며 조금씩 성장하는 내가 좋아지면서 나 자신을 많이 사랑하게 됐다.

자신을 사랑하는 법을 아는 것이 가장 위대한 사랑이라는 명언도 있듯이 나는 느지막이 행복한 인생을 맞이한 것 같다. 지금은 이기주의자처럼 나만을 사랑하고 있지만, 이제라도 사랑을 알았으니 사랑의 불씨를 점점 더 키워서 모든 사람을 사랑하며 살 수 있도록 노력할 것이다. 그러면 지금보다 100배는 행복해질 것이라는 걸 나 자신은 잘 알고 있다.

4.
"괜찮해야,
암쌀도 안해"

(럽앤그로)

사랑은 누군가를 아프게 하는 게 아니란다. 사랑은 아무도 다치게 하지 않아. 다만 사랑 속에 끼워져 있는 사랑 아닌 것들이 우리를 아프게 하지. 누군가 너를 사랑한다고 하면서 너를 아프게 한다면 그건 결코 사랑이 아니란다. 사랑이 상처를 허락한다는 엄마의 말은 속수무책으로 상처 입는다는 말이 아닌 것을 너도 알 거야. 상처를 허락하기 위해서는 상처보다 너 자신이 커야 하니까. 허락은 강한 자가 보다 약한 자에게 하는 거니까 말이야.

-『네가 어떤 삶을 살든 나는 너를 응원할 것이다』 공지영

"아따 그거야 똥그란 거, 놀미~한 거~~?"

스무고개 시작이다.

"오렌지요?"

"그래 그거야, 아따 어째 그거시 언능 생각 안나끄나이~"

서울살이가 늘어도 더 걸쭉한 사투리로 말씀하시는 시어머니. 잼 뚜껑만 따도 "아따 우리 집 기술자여야~ 여간 잘 한당께?" 하시고, 아이들에게도 자주 "아따 우리 강아지 영리한 것 봐야?" 하신다. 울 어머니 사랑은 아이들과 내게 쉼터이고 디딤터이다. 맘이 휘적휘적 날개 짓 할 수 있게 하는.

사랑의 걱정이 많은 엄마 덕에 나는 긴장도 두려움도 많았다. 어느 날 "괜찮해야. 암쌓도 안해. 그런 거 저런 거 다 신경 쓰믄 힘들어서 안 되아야?" 하시는데 언 마음이 녹았다. 그리고 이제 나도 그렇게 말 할 수 있게 되었다.

"엄마 괜찮아, 아무 일도 없어, 다 잘 될 거야. 그러니 걱정하지 마. 오래오래 아프지 말고 행복해요. 사랑해"

사랑은 그렇게 흘러가고 익어가는 것인가 보다.

5.
너에게 거리를
주겠다

(미라클휜둥이)

좋아하는 사이는 서로 마주보게 된다. 싫어하는 사이는 서로 바라보지 않는다. 좋아하는 사이는 거리가 적당해서 서로를 볼 수 있지만, 싫어하는 사이는 거리가 없어져서 서로가 보이지 않는다. 이 사이의 비유는 우리에게 사랑에 관한 깨달음을 준다. 사이가 있어야 모든 사랑이 성립한다는 것, 사랑은 사이를 두고 감정을 소유하는 것이지 존재를 소유하는 게 아니라는 것.

– 『관계의 물리학』 림태주

나는 헤픈 사람이다. 좋아하는 친구나 상대에게는 마음을 아끼지 않고 펑펑 썼다. 더하기, 빼기 하지 않고 가진 것 모두를 써버리는, 나는 마음이 헤펐다.

누군가를 좋아하면 경주마처럼 앞만 보았다. 옆이나 뒤는 보이지 않는 듯 앞만 보며 달렸다. 내 마음이 이러하니 상대도 나와 같길 바랐고, 나에게 온 마음을 쏟아붓길 바랐다. 우리 사이에 조그마한 균열이라도 생기면 관계가 달라졌다는 생각이 들었다. 관계가 달라졌다는 것을 받아들일 수 없어 괴로웠다.

나이가 들면서 좋은 점이 있다. '모든 것은 변한다.'라는 사실을 받아들일 수 있게 되었다. 변한다는 것은 좋고 나쁨이 없다. 변한다는 사실만 있을 뿐이다. 왜 변하는 거냐고 누군가에게 묻거나 따질 수도 없다. '모든 것은 변한다, 모든 관계도 변한다.'라는 이 불편한 진실을 받아들이니, 나는 더 이상 괴롭지 않게 되었다.

사람들은 좋아하는 상대가 생기면 서로 간의 거리를 좁히려 든다. 어떤 것도 그 사이에 들어올 수 없을 만큼 가까워야 사랑이라고 믿는다. 둘 사이에 거리가 생긴다는 건, 덜 좋아한다고 생각하기 때문이다. 나 역시, 사랑하는 사이에 거리가 있다는 건 용납할 수가 없었다.

'좋아하는 사이는 거리가 적당해서 서로를 볼 수 있지만, 싫어하는 사이는 거리가 없어져서 서로가 보이지 않는다.'는 이 사이의 비유가 나에게 사랑에 관한 깨달음을 주었다.

이제는 우리 사이에 거리가 있어도 괜찮을 것 같다. 사랑은 사이를 두고 감정을 소유하는 것이지, 존재를 소유하는 게 아니라는 걸 이해하게 되었다. 지금까지 내가 상처받았던 건, 감정이 아니라 존재를 소유하려고 했기 때문이다.

사이가 멀어지고 가까워진다는 건, 그 사이에 거리가 있다는 걸 전제한다. 우리 사이에 감정이 있으니 거리도 있다는 말이 나에게 천국을 주었다.

나는 너에게 거리를 두지 않고, 거리를 주고 싶다. 『관계의 물리학』에서 거리를 준다는 것은 '서로에게 마음의 곡률 반경과 자유로운 선택의 권한을 늘려주고, 원하는 만큼 생동하는 자유의 거리를 주는 것'이라고 했다.

그래서 나는 이제, 너에게 거리를 주겠다. 이 말은, 너를 사랑한다는 내 고백이다.

6.
나는 당신을
사랑합니다

(반빛홍)

사랑은 인생을 바라보는 하나의 시선이다. 사랑의 시선을 가진 사람
에게 인생은 기회와 기적의 연속이다.

그런 사람은 삶의 모퉁이를 돌 때마다 무엇이 나올까 두려워하는 비
관적인 노인이 아니라, 삶을 사랑하는 혈기왕성한 아이로 평생을 살
수 있다.

– 『온 파이어』 존 오리어리

사랑에 빠졌을 때 아침 햇빛이 달라 보였던 경험이 있는가? 눈을
뜨자마자 콧노래가 나오고 세상 모든 것들에 감사하고, 작은 일에도
정성을 쏟고, 그래서 사랑에 빠진 사람의 얼굴은 번쩍번쩍 빛이 나나
보다.

대학교 때 남자친구(물론 지금의 남편이 아니다)에게 생일 케이크를

만들어주겠다며 비싼 요리 교실에 등록해서 초코 케이크를 5시간에 걸쳐 만들었던 기억이 난다. 평소에 라면도 못 끓이고 케이크는 먹지도 않는 내가 누군가를 위해 정성을 쏟는 그 시간이 어찌나 흥이 나던지. 그때 나는 평소의 내가 아니었다.

40이 넘어 다시 생각해 본다. 사랑이 뭘까? 어느 노래의 가사처럼 이 죽일 놈의 사랑이 대체 뭐란 말인가? 나는 감히 인생을 살아가는 자세라고 말하고 싶다. 내가 존경하는 가왕 조용필「바람의 노래」에도 이런 가사가 있다. 그 모든 인생의 해답은 사랑이라고 말이다.

나를 사랑하고, 가족을 사랑하고, 세상을 사랑하고, 내 삶의 모든 것들을 사랑하겠다는 삶의 자세가 바로 사랑 아닐까?

어떤 상황에서도 나 자신을 사랑하는 사람으로, 삶의 실패와 고뇌를 만나더라도 내 삶을 온전히 끌어안는 마음으로 이겨내고 버텨내는 것이라고 말이다. 그런 멋진 사람으로 사랑스럽게 살아보겠다고 나는 지금 이 책을 쓰고 있는지도 모르겠다.

7.
세상에서 가장 아름다운
혁명, 사랑

(블레씽메이커 에블린)

사랑을 만들어낸다는 것은 혁명입니다. 왜냐하면 사랑할만한 것을 만들어내기 위해서는 그 대상을 날마다 깎고 다듬어 더욱 아름답게 만들어내야 하기 때문입니다. 그러니 사랑은 놀랍고 힘들 수밖에 없습니다. 그러나 사랑은 이 세상에서 가장 빛나는 것입니다. 만일 이 세상에서 해야 할 단 한 가지 혁명을 꼽으라면 그것은 사랑하는 것입니다.

– 『나는 이렇게 될 것이다』 구본형

나는 지금 혁명 중이다. 아이를 낳기 전까지 사랑은, 주는 것보다 내가 더 많이 받고 싶은 거였다. 막내로 태어나 많은 사랑을 받고 자랐음에도 받는 사랑에 더 욕심을 냈다. 결혼을 하고 아이를 품고 있을 때에도 '나'를 내려놓고 온전하게 사랑을 주는 '엄마'가 될 수 있을까 생각했다.

하지만 아이를 낳아 품에 안는 순간 쓸데없는 생각이었음을 알았다. 구본형 선생님의 말씀처럼, 아이를 통해 만들어 낸 사랑은, 혁명이었다. 세상 모든 아이가 내 아이처럼 사랑스러웠고, 또래의 아이를 안고 있는 엄마에게는 스스럼없이 말을 건네는, 예전의 내가 아닌 내가 되어 있었다. 갓 태어난 아이가 씽긋 웃어주는 것만으로도 행복했고, 세상을 다 가진 기분이란 게 이런 거구나 싶었다.

마흔셋에 낳은 아이기에, 부서질까 넘어질까 모든 게 조심스러웠고 순간순간이 소중했다. 날마다 내 마음을 깎고 다듬어서 만들어내는 혁명 같은 사랑이지만, 이렇게 온전하게 조건 없이 사랑을 퍼 줄 존재가 또 있을까?

아이를 키우면서 문득문득, 내가 아이를 사랑하는 이 마음 그대로 우리 엄마도 나를 똑같이 키우셨겠다는 생각이 든다. 엄마가 되고서야 엄마 마음을 안다는 말이 무슨 뜻인지 알 것 같다. 엄마가 사랑으로 나를 키우신 그 기억으로, 나는 우리 아이에게 또 그 사랑을 전한다.

오늘도 여전히 내 사랑을 더욱 아름답게 만들어내려고 애쓰고 있다. 나는 세상에서 가장 빛나는 아름다운 혁명 중이다.

8.
사랑, 가장 쉬울
수도 있는 것

(인생언니)

사랑은 눈으로 보는 것이 아니라 마음으로 보는 것이다.

– 윌리엄 셰익스피어

사랑, 이것만큼 어려운 주제가 있을까? 내게 사랑이란 늘 어려운 주제였다. 답하기 모호하고 뭔가 정의가 내려지지 않는 어려운 주제였다. 이런 사랑이 내게 쉬워진 사건이 있었다. 결혼을 준비하면서 '결혼예비학교'라는 프로그램에 참여했는데, 거기서 한 목사님이 말씀하셨다. "사랑은 상대방의 마음을 가득 채우는 것이다. 그래서 그 사람을 외롭게 하지 않는 것이다." 나는 이 말을 들으면서 무릎을 쳤다. 그래 사랑이 쉬울 수도 있겠구나.

그때부터 나는 결심했다. 내 반려자를 사랑하고 내 부모를 사랑하고 내 아이를 사랑하기로. 그들을 외롭게 하지 않겠다고 다짐했다. 외롭게 하지 않는다는 말은 한 번 더 생각하고 인내하며 뭔가 다른 방법이 없는지 찾아본다는 결심이다. 내가 애썼다고 상대방을 소유하려 하지 않으며, 상대방에 대한 희망과 믿음을 잃지 않고, 그들의 마음을 가득 채워줘야겠다고 다짐했다.

그런데 누군가를 사랑하기 위해서는 나 자신을 보는 여유가 있어야 한다는 것을 엄마가 되어 아이들을 키우면서 깨닫게 되었다. 한 템포 늦게 반응해주기 위해, 나를 외롭게 하지 말아야 한다는 것을 깨달아 가고 있다.

나의 마음을 가득 채워야겠다. 나를 외롭게 하지 말아야겠다. 내 주변을 외롭게 하지 않기 위해서 말이다.

9.
누구나 사랑하지만 아무나
사랑을 지키지는 못한다

(지감독 로아)

예. 죽일 거예요. 제 마음속에서 죽이는 거예요. 사랑하기를 그만두
는 거죠. 그러면 그 사람은 언젠가 죽어요. 당신은 세상에서 가장 좋
은 사람이니까요. 당신이랑 같이 있으면 아무도 저를 괴롭히지 않아
요. 그리고 내 가슴속에 행복의 태양이 빛나는 것 같아요.

– 『나의 라임오렌지 나무』 J. M. 데 바스콘셀로스

아무도 나 대신 아파줄 수 없고, 내 무게를 나눠줄 수 없고, 기댈 사
람 없다며 독고다이를 외쳤다. 내 안에 자기애를 확신했다. 하지만 어
느 날, 거울 속 나에게 사랑한다 말하려는 순간 왈칵 눈물이 터져 나
왔다. 사랑한다는 말은 고사하고 내 이름조차 부를 수 없었다. 지금까
지의 자기애는 자기방어를 위한 방패일 뿐이었다.

단 한 사람일지라도 그 사랑과 믿음은 누군가에게 살아갈 용기가

될 만큼 따뜻하고 강력하다. 제제처럼 가슴속에 빛나는 태양으로 누구를 탓하거나 몰아붙였던 나를 온기로 감싸는 중이다. 있는 그대로의 나를 사랑하려고 고군분투 중이다.

인생의 절반쯤에 와서야 사랑을 조금 알 것 같다. 진정한 사랑은 자신에 대한 사랑이 가득해서 넘쳐흐를 때 줄 수 있다는 걸. 삶을 어둡거나 밝게 만드는 건 누군가의 사랑보다 내가 나에게 주는 사랑이다.

우리는 사랑을 왜 잊고 지내는 걸까? 의지와 다르게 흘러가는 인생의 굴곡에 대항하느라 바쁘기 때문이다. 뒤늦게 사랑의 위대함을 깨달았으니 그동안 못한 사랑까지 포함해 남은 생은 사랑으로 가득 채우고자 한다.

누구나 다 사랑을 한다. 그러나 아무나 오래도록 그 사랑을 지키지는 못한다. 그래도, 그러니까 사랑하자. 계속해서 넘치게 사랑하고 지키려 노력하며 살자. 가슴속에 행복의 태양이 빛나도록.

7장

끝도 없이 나를
무장해제 시켜버리는
슬럼프, 어떻게
이겨내셨나요?

1.
진짜 슬럼프를
향해 달린다

(미라클여신)

나태함을 슬럼프로 착각하지 말라. 그건 게으름에 대한 자기 합리화
이다.

- 『아프니까 청춘이다』 김난도

이 슬럼프라는 놈은 우리네 인생에 참 자주 끼어든다. 여기저기 슬
럼프에 빠져있다는 사람들 투성이다. 반갑지도 않건만 어쩌다 가끔도
아니고 뻔질나게 찾아온다. 좀 처져 있다 싶어 안부를 물으면 여지없
이 슬럼프라는 대답이 돌아온다.

'근데 뭐가 슬럼프지?' 나도 지금 슬럼프에 빠져있다고 생각하던 어
느 날, 물음표가 붙었다. 슬럼프라는 꼬리표를 붙여 놓고 당분간은 게
을러도 된다며 맘 편하게 면죄부를 주고 있는 내가 보였다. 그러려고
슬럼프라는 말을 쉽게 썼던 게 아닐까? 슬럼프라고 하면 모든 게 용서

되니까. 진지해졌다. 과연 그동안 내가 겪은 침체기가 슬럼프였다고 말할 자격이 있는 걸까?

아무리 곱씹어도 답은 '아니오'였다. 슬럼프를 겪을 만큼 뭔가에 목숨 걸고 치열하게 해본 적이 없었다. '네가 뭘 했다고 힘이 들어? 죽을 만큼 달려봤어? 119에 실려 갈 만큼 열심히 해봤어?' 이 질문에 그렇다고 뻔뻔하게 대답할 자신이 없었다.

지금 내게 온 슬럼프가 죽을 만큼 힘들게 노력하다가 맞은 것인지, 잠시 억누르고 있던 게으름 때문인지 적어도 자신만큼은 스스로 구분할 줄 알아야 하지 않을까. 때때로 내게 찾아온 '쉬고 싶은 욕구'는 나태함이지 슬럼프가 아니었다.

이제 나는 진짜 슬럼프를 기다린다. 모든 걸 불태워 재가 된 어느 날, 더 태워버릴 장작을 기다리는 그 순간이 슬럼프이리라.

2.
가슴 설레는 기적을 만들어준 미라클 어벤져스

(가슴설렘)

열심히 살다 보면 인생에 어떤 점들이 뿌려질 것이고, 의미 없어 보이던 그 점들이 어느 순간 연결돼서 별이 되는 거예요. 정해진 빛을 따르려 하지 마세요. 우리에겐 오직 각자의 점과 각자의 별이 있을 뿐입니다.

– 『여덟단어』 박웅현

난 삶을 무난하게 살아왔다고 생각한다. 큰일이 생겨도 그 순간은 많이 힘들었지만, 이 또한 지나갔다. 하지만 2년 전, 최악의 상황을 맞았다.

직급을 무시하고 인간으로서의 기본 매너 조차 지키지 않는 안하무인의 후임이 들어왔다. 내 직업상 학기 중 그만두지 못했기에 출근이 지옥이었다. 안 좋은 일은 왜 겹치는지, 가족 사이에 돈 문제가 터졌다. 무조건 믿고 도와줬던 나의 무지한 경제관념으로 인해 돈 문제가 심각해졌고, 가족이 모두 연결되었기에 가족들끼리도 살얼음판이었다.

직장에선 사람으로, 집에선 가족으로 어디 하나 맘 편한 곳이 없었다. 그러자 몸에서 스트레스성 탈모와 피부 트러블, 손가락 저림 등 여러 반응이 왔다. 신체적, 경제적, 정신적으로 뭐 하나 괜찮은 곳이 없었다. 그래서 밤마다 너무 힘들어 엉엉 소리 내서 울었다. 당시 내가 할 수 있는 건 그것밖에 없었고 지푸라기라도 잡자는 심정으로 블로그의 다양한 이벤트에 응모를 했다.

그때, 이름처럼 나에게 기적을 준 미라클 어벤져스! 코로나로 한동안 연기되었지만, 결국 수장이신 '미라클여신'님의 주최로 미라클 어벤져스 2기로 선정되었고, 미라클 어벤져스의 동료들은 어둠 속에서 있던 내게 손을 내밀어줬고 아낌없이 베풀어줬다.

새벽기상, 확언, 독서, 운동, 감사일기, 100번 쓰기 등, 그 모든 게 미라클 어벤져스를 통해서 시작되었다. 새로운 사람들을 만나며 좋은 에너지를 받기 시작했고, 운동을 통해 건강해졌으며, 독서로 마음의 안정도 찾았다. 100번 쓰기를 통해 '좋은 인연 만들기'라는 간절한 나의 소원도 어벤져스, 북벤져스 멤버들을 알게 되면서 이뤄졌다. 가슴 설레는 삶을 살고 싶어 생애 처음 '가슴설렘'이란 부캐도 갖게 되었다.

'위기가 기회라는 말'처럼 슬럼프에 만난 미라클 어벤져스 덕분에 나의 삶은 180도 바뀌었고, 앞으로도 많은 슬럼프가 오겠지만, 그때마다 이겨내고 더 성장할 수 있기에 난 괜찮을 것이다.

혹시 그때의 나처럼 힘든 분이 계신다면, 주저 말고 북벤져스의 문을 두드리라고 말씀드리고 싶다. 작은 도전이 큰 행복을 만들 수 있다고.

3.
슬럼프 그게
무엇일까?

(긍정러너 하야짱)

모든 것은 항상 시작이 가장 좋다.

- 파스칼

나는 아무리 큰일이 닥쳐도 하루 이틀만 고민하고 바로 툴툴 털어 버리면서 다시 시작하는 성격이다. 경험적으로 안 좋은 일 오래 생각 해봤자 머리만 아프다. 안 되는 건 내 것이 아니라 생각하고 욕심 안 부리고 포기도 잘한다. 지금 생각해 보면 꿈도 없고 무엇을 이루려고 노력하지도 않았으니 슬럼프가 없었던 것 같다.

하지만 이제 나는 많은 목표를 세우고 도전하면서 살고 있다. 물론 내 뜻대로 되지 않아서 슬럼프라는 아이를 만날 수 있겠지만 그 아이 는 나한테서 오래 머물지 못할 것이다. 나는 다른 누구랑 나를 비교하 지 않는다. 단지 지금의 나보다 나은 나로 만들기 위해서 도전하고 있을 뿐이다.

오늘도 또 어떤 새로운 것에 도전해 볼까? 고민하는 내게는 슬럼프가 붙어 있을 수 없다.

4.
힘들 땐 그저
버티기

(달콤솔직)

행운이 크게 들어오기 직전에 극한 상황에 놓이게 되는 경우가 있다.
그동안 겉으로 드러나지 않았던 문제들이 한꺼번에 폭발하는 것이다.
이때 변화를 수반하는 많은 문제들과 정면으로 마주하고 해결해 나
가는 것이 행운을 만나는 지름길이다. 큰 행운을 불러오는 빅뱅을 두
려워할 필요가 없다는 것이다.

– 『오래된 비밀』 이서윤

북벤져스를 시작하고 얼마 되지 않아 직장 업무로 엄청나게 바빠졌
다. 코로나로 인해 온라인 회의 시스템으로 바뀌면서 새로 배워야 할
것들이 많아진 것이다. 그렇다 보니 북벤져스 참여 전에 책을 다 읽어
야 한다는 압박감과 리뷰 쓰기에 부담이 생겨 그만둘까 고민이 들었
다. 바로 슬럼프가 찾아온 것이다.

그런데도 그만두지 못한 까닭은 북벤져스가 나에게 악독한 상사가 아니라 좋은 사람들이기 때문이었다. 매일 새벽 3시에 기상하는 리더와 열정으로 하루하루를 살아가는 멤버들 때문이었다. 이 좋은 사람들과의 관계를 포기한다는 것은 절대 안 될 것 같았다.

그때 북벤져스에서 필독도서 중 하나였던 『오래된 비밀』을 읽으면서 내가 지금 교운기-운이 바뀌는 시기-에 있다는 느낌이 왔다.

"지금이 크게 행운이 들어오기 전이구나. 슬럼프에서 빠져나와 변화
에 적응해서, 이 시기를 잘 넘겨보자."

이런 마음으로 바쁘고 힘든 그 시기를 꿋꿋이 '그저 버티기'로 보낼 수 있었다. 돌이켜 보면 그 시기에 나에게 좋은 사람들이 있었다는 그 자체가 바로 행운이었다. 사실 혼자서 책을 읽었다면 이 책을 고르지도 못했을 것이기에.

5.
날마다 나는
새롭게 태어난다

(럽앤그로)

오늘 나의 낡은 피부는 먼지가 되어 날아가 버린다. 나는 사람들 사이를 어깨를 펴고 걸어 다니리라. 어쩌면 그들이 나를 알아보지 못할 것이다. 왜냐하면 나는 오늘부터 새로운 삶을 사는 새 사람이기 때문이다.

　　　　　　　　　　　　　　 - 『위대한 상인의 비밀』 오그 만디노

식빵언니 김연경이 슬럼프를 상담하는 팬에게 이렇게 말했다.

"당신에게 슬럼프가 왔다는 것은 이미 당신이 잘하고 있다는 뜻이에요. 슬럼프는 잘하는 사람에게만 온다는 의미잖아요.? 이미 이분은 잘하고 있는 분이라고 생각하기 때문에, 따로 극복할 건 없을 것 같고요. 지금 기존대로 꾸준히 한다면 다시 잘하실 거로 생각합니다."

그녀의 말에서 세계 1위의 기품이 느껴진다. 그녀는 외부상황이나 자신을 탓하지 않고 자신을 믿고 충실히 기본을 훈련할 수 있는 힘으로 이미 오랜 세계 최고가 되었다. 그럼에도 자신의 성공을 들레지 않고 따뜻하게 보내는 격려가 멋있다. 질문하신 분도 이 답변을 듣고 바로 다시 시작할 수 있지 않았을까?

슬럼프 극복의 첫 단추는 자신을 믿고, 스스로를 일으켜 세우는 힘인 듯하다. 거기에 '함께의 힘'이 보태지면 금상첨화! 캘리그라피를 배우며 캘태기 극복에 대한 선배들의 조언을 듣는다. 요약하면'단순하게 생각하고 앞만 보고 직진하라'는 것이다.

힘든 맘 알아주고 응원해주고 붙들어 주는 것이 얼마나 큰 힘이 되는지 늘 감사하다. 한 사람은 약하지만 두 사람이면 능히 이긴다는 말씀이 꼭 맞다.(전 4:12)

우리는 이미 존재하는 것만으로 소중하다. 의심하지 말고, 스스로를 믿고 스스로에게 꼭 맞는 목표를 꾸준히 실천하되, 진정한 격려를 줄 수 있는 사람들과 함께 하자. 지금 미운오리라면 백조의 호수를 향해 떠나라! 그리고 외치자!

"나는 행복을 위해 태어났다. 나는 날마다 몰라보게 새로운 사람이다!"라고.

6.
슬럼프가
방울방울

(미라클흰둥이)

힘들 때나 어려울 때나 꾸준히 묵묵히 계속하는 것, 이것보다 무서운

힘은 없다.

– 『알면서도 알지 못하는 것들』 김승호

'아무것도 안 하고 싶다. 이미 아무것도 안 하고 있지만 더 격렬하게 아무것도 안 하고 싶다.'

몇 년 전 유행했던 TV 광고 문구처럼, 나는 아무것도 하기 싫은 상태였다. 흔히 말하는 코로나 블루가 내게도 찾아온 것이다.

북벤져스에서 김승호 회장님을 저자 초청회로 모신 적이 있다. 질문하는 시간이 되었을 때, 용기 내어 여쭤보았다.

"회장님은 슬럼프를 어떻게 이겨내시나요?"

"슬럼프가 뭐죠? 저는 슬럼프를 겪지 않습니다. 다만, 슬럼프를 이겨
내는 좋은 방법은 알고 있습니다. 일단 운동을 시작하세요."

그 대답을 듣고 머리를 한 대 얻어맞은 기분이었다. 슬럼프는 누구
에게나 있는 것으로 생각했는데, 슬럼프를 겪지 않는다는 말은 전혀
예상치 못했던 대답이었기 때문이다.

나는 김승호 회장님처럼 비범한 사람이 아니기에, 살아가는 동안
또다시 슬럼프를 겪게 될 것이다. 이제는 슬럼프라는 기분이 들 때마
다 운동화를 신고 밖으로 나간다. 걷고, 뛰고, 운동하며 땀을 흘리다
보면 내 안에 있는 슬럼프 한 방울 한 방울이 몸에서 빠져나가는 것을
느낄 수 있다. 그리고 지금껏 해오던 일상들을 묵묵히 하다 보면 원래
의 반짝반짝하던 나로 돌아온다는 것을 알게 되었기 때문이다.

자신이 슬럼프를 겪고 있다고 생각한다면, 일단 운동화를 신고 밖
으로 나가보길 권한다. 상쾌한 바깥 공기를 마시며 걷고, 뛰어라. 슬럼
프를 모른다는 분이 알려준 방법인데, 신기하게도 슬럼프에 꽤 효과적
이다.

7.
꽃으로도 나를
때리지 마세요
(반빛홍)

자기 자신을 있는 그대로 받아들이고 사랑하지 않으면 자신이 만들
어놓은 한계의 노예가 될 뿐이에요.

        - 『어느 날, 마음이 불행하다고 말했다』 손미나

대한민국 평범한 워킹맘인 나는 매일 같은 시간에 일어나서, 매일
같은 길로 출근하고 퇴근한다. 집에 돌아와서는 집안일을 하고 아이를
챙기고 잠이 든다. 매 순간 최선을 다했고 주어진 일에 책임감을 갖고
성실하게 임했지만 성장한다는 생각보다는 일상에 조금씩 지쳐갔다.

집에서는 마치지 못한 회사 일을 걱정했고, 회사에서는 아이를 걱
정했다. 늘 정신이 없이 바빴고 사소한 일에도 예민했다.

지금 와서 그 시절을 돌이켜보면 오랫동안 나는 나 자신을 돌보는
방법을 몰랐다. 아니, 돌볼 생각조차 못 했다.

'우리는 어떻게 해야 삶의 슬럼프를 이겨낼 수 있을까?'

독서모임을 통해 사람들을 많이 만나고, 책을 읽고, 크고 작은 소소한 도전을 통해 느낀 교훈이 하나 있다. 스스로를 진심으로 아끼고 사랑해야 한다는 것이다. 그리고 지금의 내 모습에 감사해야 한다. 남과 비교해 스스로 다그치거나 부족하다고 생각하지 말자. 지금 이대로 나는 충분하다. 당신도 이미 알고 있다. 스스로가 얼마나 멋지고 완벽한 사람인지 말이다.

절대 꽃으로도 나를 때리지 말자! 이 세상에 나보다 나를 더 사랑해 줄 사람이 도대체 누구란 말인가? 나는 귀하디 귀한 사람이다.

8.
실패는 없다. 무수한
시도만 있을 뿐

(블레씽메이커 애블린)

당신이 인생이라는 여행의 어느 지점에 있든, 나는 당신이 계속 장애물과 마주치기를 바란다. 그것을 딛고 살아남을 수 있는 것, 한발을 다른 한발 앞에 계속 놓을 수 있는 것, 정상이 위에서 굳건히 버티고 있음을 마음에 새기며 인생의 산을 오를 수 있는 위치에 있다는 것은 축복이기 때문이다. 인생의 모든 경험이 소중한 가르침을 주기 때문이다.

– 『내가 확실히 아는 것들』 오프라 윈프리

미라클모닝을 시작한 지 2년이 되어간다. 여전히 알람 없이 기상하는 날은 손에 꼽을 정도다. 5시를 하루에 두 번 만나는 것이 내게는 쉽지 않은 일이다.

뚜렷한 목표가 없는 것도, 간절하지 않아서도 아닌데 마음처럼 되지 않는다. 자책하기 시작했고 슬럼프라는 핑계를 대기 시작했다. 미라클모닝 뿐만 아니라 계획했던 일들이 마음대로 되지 않을 때마다 슬럼프라는 좋은 핑계를 방패 삼아 게으름을 부렸다.

그런 내가 오늘도 포기하지 않고 미라클모닝을 이어갈 수 있었던 건 독서 덕분이다. 책에는, 매번 실패라고 생각했던 상황을 다르게 바라보는 방법이 있었다. 실패가 아니라 '덕분에 푹 잘 잤네'라고 생각하니 한결 편한 마음으로 다시 한번 시도할 용기가 생겼다. 같은 상황을 개선하는 방법은 그것을 바라보는 방식이다.

더 이상 나에게 슬럼프는 없다. 다만 문득문득 애쓰고 싶지 않은 나태함이 다시 찾아오겠지만, 해답과 방향을 알려주는 책이 있으니 거뜬하게 다시 시도할 것이다.

인생에서 때로는 성공보다 실패를 통해 더 많이 배우기도 한다. 오프라 윈프리의 말처럼, 인생의 모든 경험은 소중한 가르침을 준다. 매 순간 포기하고 싶은 장애물이 생기지만, 그 또한 내 삶의 귀한 밑거름이 된다.

내 인생의 목표가 그저 새벽 5시 기상은 아니다. 그걸 통해 이루어 나갈 더 큰 꿈이 있다. 그렇게 한 발 더 내디뎌 슬럼프를 넘어 마침내 꿈을 이뤄낼 것이다. 오늘 미라클모닝은 성공이다.

9.
같은 점을
찍는 시간

(인생언니)

저는 무슨 일을 하든지 5년 계획을 세워요. 5년 길이의 선을 긋는 거예요. 그리고 그 시작점부터 계속 점을 찍어나가요. 계획한 바를 위해 꾸준히 작은 일들을 해나간다는 뜻이에요. 그런데 이 점들이 어떻게 찍히는지 아세요? 앞으로만 전진하지 않아요. 어떤 점들은 뒤로 가요. 때로는 어느 한 주변만 계속 찍어댈 때도 있어요. 우리는 그때를 슬럼프라고 부릅니다. 많은 사람들이 이 순간을 견디지 못하고 그 자리에서 포기해버려요. 그런데 우리가 인생을 살면서 찍은 점들 중에 의미 없는 점은 하나도 없어요. 사실 슬럼프라고 부르는 작은 점들은 같은 곳을 반복해서 찍으면서 굵은 선을 만들고 면적을 넓히는 중이에요.

– 『이 한마디가 나를 살렸다.』 김미경

나는 '슬럼프'라는 주제로 글을 쓰는 것이 참 힘들다. 슬럼프를 극복해내고 뭔가 근사한 경험을 나누고 싶은데 정직하게 나를 바라보았을 때, 나는 아직도 슬럼프 상태이기 때문이다. 지금 나는 같은 점을 계속 찍고 있는 상태이다. 주변을 보면 작은 점들을 찍으며 앞으로 나가고 있는 것 같은데, 나는 계속 같은 자리에서 같은 실수를 반복하고 있기에 이 글을 쓰는 데 시간이 많이 걸렸다.

그러던 중에 김미경 강사님 저서에서 '슬럼프'에 관해 읽으며 내가 좌절감을 느끼는 지금 이 시간도 내게 꼭 필요한 감사한 시간임을 깨닫게 되었다. 앞으로 나가지 않는다고 시간을 허비하고 있다고 자책할 필요는 없다. 지루한 이 시간조차도 결국은 나의 방향을 정해주는 이정표가 되는 하나의 과정이기에 점을 계속 찍어가며 내 인생의 이정표를 찾아야 한다.

10.
한번 넘은 산은
다시 넘을 수 있다.

(지감독 로아)

위기 없이 사람은 자라지 않는다. 위기 속에서 넘어서며 크는 것이다.
'위기'란 확실히 '계기'다.

– 「한 번은 독해져라」 김진애

세월을 따라 늘어나는 나이만큼 철드는 줄 알았다. 의지와 상관없이 흐르는 시간처럼 저절로 어른이 되는 줄 알았다. 30대 중반을 넘어서야 어른다움의 의미를 조금쯤 알 것 같다. 나이 들었다 어른인 것도 아니고 어른이라고 다 철든 것도 아니었다. 그것도 '삶이 이렇게 고달파도 되는 건가?' 생각이 드는 순간부터 한참 지나서 알게 되었다.

어른이 된다는 건, 넘을 수 없을 것 같던 산을 넘어도 더 큰 산이 나타날 수 있음을 아는 거다. 고비마다 잘 넘기는 했지만 잘 넘었는가 묻는다면? 글쎄다. 그렇다고 자신 있게 말하기에는 너무 다른 길을 걸었다. 아직도 그때와 똑같이 힘들고, 똑같은 인생의 무게에 눌려 한 걸음 한 걸음이 힘겹다. 아니 오히려 세월의 무게가 더해졌다. 나이에 대한 책임과 의무감과 두려움에 움츠려들곤 한다.

그렇지만 언제부턴가 고비를 넘을 때마다 좀 더 쉽게 넘는다. 좀 더 즐거운 마음가짐으로 산을 넘는다. 달라진 점이 무엇일까? 앞에서 끌어주는 멘토가 생겼다. 함께 응원하는 동료가 있고, 책이라는 친구도 있다. 무엇보다 나는 지금까지 잘해온 나를 믿는다.

한번 넘은 산은 다시 넘을 수 있다. 다시 넘을 때는 처음보다 쉽다. 내 안의 아이에게 호기심을 갖고 들여다보면 지도가 보인다. 멘토 그리고 동료와 친구가 함께 큰 산을 잘 넘으면 앞으로 더 잘할 수 있으리라는 믿음이 생긴다.

삶을 살아가면서 어쩔 수 없이 마주하는 괴로움이 있다. 괴로움은 피하면 피할수록 더 커지기 마련이다. 괴로움이 생기는 이유를 세심히 관찰하자. 원인을 파악하고 대범하게 맞서자. 괴로움이 없어지진 않겠지만, 전보다 쉽게 넘을 수 있는 여유와 다스림의 지혜를 얻게 된다.

8장

나를 넘는
우리의 힘을
만나보셨나요?

1.
어질고 뜨거운
이들과 함께 하라

(미라클여신)

만일 당신이 어질고 성실하고 현명한 벗을 만난다면 어떠한 어려움들도 극복할 수 있을 것이다. 항상 기쁜 마음으로 그와 함께 가라.

– 수타니파타

어질고 성실하고 현명한 벗은 단 한 사람만 있어도 인생에 큰 영향을 미친다. 그런데 그런 이가 하나가 아니라 무리로 존재한다면? 그리고 내가 그들과 함께라면?

멤버들은 내게 미라클 어벤져스(자기계발모임)와 북벤져스(독서모임)를 만들어줘 고맙다고 하지만, 고마운 마음으로 치자면 나만 할까 싶다. 정작 그들의 힘을 가장 많이 받은 것은 나니까.

이 나이만큼 살다 보면 세상엔 정말 오만가지 사람들이 있다는 것을 알게 된다. 그렇기에 그 많은 사람 중에 어질고 성실하고 현명한 이

들만 모인다는 것이 얼마나 기적같은 일인지도 안다. 자아 성장에 욕심이 있는 이들은 대체로 이기적인 성향이 강한 편이다. 그런데 어벤져스와 북벤져스 멤버들은 자신만이 아니라 '우리'를 챙길 줄 안다. 착하다는 말은 여러 의미를 담고 있어서 함부로 쓸 표현은 아닌데, 이들을 모두 아우르자니 착하다는 말밖엔 떠오르질 않는다. 내가 아무리 그럴듯하게 모임을 만들었다 해도, 이 사람들이 오지 않았다면 지금의 분위기와 열정이 가능했을까. 내게 와줘 고맙다고 엎드려 절하고 싶은 이유다. 누군가 그런다. 미라클 어벤져스, 미라클 북벤져스라고 이름을 잘 지어서 그런 것 아니냐고. 미라클이란 단어를 써서 그런 것 아니냐고. 나도 기적이라는 단어밖에는 떠오르질 않는다. 어떻게 이런 모임이 만들어질 수 있었는지를 무슨 말로 설명할 수 있을까?

함께의 힘을 쓰기로 한 챕터인데, 어벤져스와 북벤져스 자랑으로 신나게 새고 있다. 어쩔 수 없다. 이리 멋진 '함께'를 또 어디 가서 찾는단 말인가. 스스로 기특한 한 가지가 있다면 어벤져스와 북벤져스를 만들었다는 사실이다. 나 스스로 내 삶을 구원할 구심점을 만들었으니 이보다 더 기특할 수가 없다. 미래를 내다보고 한 일은 아니었으나 지금 생각하면 내 무의식은 선견지명이 있었나 보다. 내가 가는 길에 든든한 벗들이 있어야 함을 내 무의식은 알고 있었던 게다. 살면서 가장 잘한 일들을 꼽아보니 세 손가락 안에 든다. 자화자찬이 낯뜨겁지 않다. 적어도 어벤져스와 북벤져스를 만든 일에 있어서만큼은. 이 기적 같은 '함께'의 시발점을 만든 일에 있어서만큼은.

2년 전 각성하고 새로운 삶을 살고 있지만, 제아무리 충격을 받고 깨달았다고 해도 게으름으로 점철된 삶에서 일시에 탈출하는 것이 쉬운 일은 아니다. 게으름이 고개를 내밀 때마다, 힘들어 주저앉고 싶을 때마다 그들의 열기가 솟구치는 단톡방을 보며 에너지를 얻는다.

어디 그것뿐인가. 감히 책을 쓸 엄두까지 낼 수 있었다. 이렇게 열정적인 이들과 함께가 아니었다면, 나도 공저 프로젝트를 진행할 생각까지는 하지 못했을 테다. 그리고 이들과 함께였기에 마침내 책이 나올 수 있었다. 그리고 그들의 에너지는 나를 계속 궁리하게 만든다. 이 뜨겁고 선한 에너지를 뭉쳐서 다음엔 무슨 일을 또 벌여볼까를.

여럿이 모여 작정하고 발휘하는 힘처럼 무서운 게 있을까. 혼자여서 지치고, 포기를 반복한다면 반드시 뜨거운 열정을 가진 무리 속에 들어가시길 바란다. 상상도 못 한 세상이 거기에 있다. 당장 우리만 봐도 그렇지 않은가?

2.
같이 하면
행복해지는 삶

(긍정러너 하야짱)

> 빨리 가고 싶으면 혼자 가라 하지만 만약 멀리 가고 싶다면 함께 가
> 라.
>
> – 아프리카 속담

돌이켜보면 어린 나이에도 나는 누구의 도움 없이 혼자 결정하고 행동했었다. 워낙 어려운 살림살이라 부모님을 보면서 내가 원하는 게 있어도 요구할 수 없었다. 부모님이지만 기댈 수 없었고 오히려 내가 빨리 성공해서 도와 드려야겠다고 생각을 했다. 어느 누구도 그러라고 강요한 건 아니었다.

직장도 혼자 결정하고, 인생의 중요한 선택인 결혼도 육아도 혼자 결정했다. 친구나 어른들께 물어도 보고 도움을 청했으면 덜 힘들었을 텐데 의논해봐야 결국 나 자신이 결정해야 한다고 생각하고 무엇이든

혼자 했다. 하다못해 생애 첫 집을 IMF 때 혼자 가서 계약하고 등기한 후 남편에게 저 집이 이제 우리집이라고 말했을 정도였다.

겉으로는 씩씩한 척했지만 혼자 할 때의 외롭고 무서움은 내 마음 속에 항상 자리하고 있었다.

이제 난 혼자가 아니다. 그 어떤 것을 하더라도 칭찬해주고 용기를 주는 친구들을 만났다. 미라클여신님이 시작한 북벤져스에서 만난 친구들과 같이하는 삶이 너무 행복하다.

이렇게 같이 하는 게 행복하다는 것을 이전에는 왜 몰랐을까? 왜 혼자서 끙끙거리며 살았을까? 그때는 같이 하는 방법을 몰랐다. 조금만 일찍 알았어도 좋았을 걸 하는 아쉬움이 있지만, 지금이라도 알게 됐으니 감사하다.

50년 넘게 살아온 날 중 바로 지금이 나는 가장 행복하다.

새벽 3시에 일어나 굿모닝 하며 인사하는 단톡방 친구들과 하루를 시작하는 삶이 너무나 행복하다. 친구들과 오래오래 행복을 느끼며 같이 하고 싶다. 이제는 혼자서 빨리 가고 싶지 않다. 좋은 친구들과 같이 멀리 가고 싶다.

3.
모든 기회는
사람을 통해 온다

(달콤솔직)

모든 기회는 사람을 통해서 온다. 상대방이 해야 할 결정을 내가 미리

해 버리면 안 된다. 내가 할 일은 0%를 50%로 끌어 올리는 것이다.

– 『마지막 1% 정성』 송수용

나는 쑥맥에다 용기가 없는 편이었다. 그리고 거절당하는 것은 죽기

보다 싫은 자존심 덩어리였다. 어쩔 수 없이 부탁을 해야 할 때는 머릿

속에서 몇 번이고 시뮬레이션을 돌려본 후에야 시도를 했고, 그마저도

'거절당할 게 분명해.'라는 생각이 들면 아예 문을 두드리지도 않았다.

그런 내가 북벤져스를 알게 된 후에 180도로 바뀌게 된다.

특히 『마지막 1% 정성』의 저자 송수용 작가님은 최고의 긍정에너지

를 지닌 분이셨다. '상대방이 할 결정을 내가 먼저 하지 마라.' 이 말은

따뜻한 이불속 나를 차가운 시멘트 바닥으로 끌어내는 것 같았다. 순

간 과거의 내 행동들이 떠오르면서 창피함이 몰려왔다.

거절당할까 두려워 지레짐작 포기했던 기억.

상대방에게 정성을 다해보지도 않았으면서 무모하게 요구부터 했던 기억.

편하게 살려고 머릿속으로 요리조리 잔꾀를 부렸던 기억.

혼자 책을 열심히 읽었던 과거 몇 년간보다 북벤져스 2년 동안의 만남이 나를 더 바꿔 놓았으니, 함께의 힘이 이토록 큰 줄은 시작 전에는 감히 상상도 못 했다. 책까지 써 볼 용기를 얻게 된 것은 북벤져스 모집 포스팅에 '저도 참가해도 될까요?'라고 조그맣게 신청 댓글을 달면서부터가 시작이었던 것이다. 그 후로 1년이 채 지나기도 전에 10명의 멤버와 함께 단톡방 글쓰기가 시작되었으니, 모든 기회의 시작은 사람이 정답이다.

4.
기적은 귀인을
통해 온다

(미라클휜등이)

어리석은 사람은 인연을 만나도 몰라보고, 보통 사람은 인연 일줄 알
면서도 놓치고, 현명한 사람은 옷깃만 스쳐도 인연을 살려낸다.

– 「인연」 피천득

나에게는 귀인들이 많다. 처음 보는 사람들도 나에게 늘 친절했고,
가까운 지인들에게도 자주 도움을 받으며 살아왔다. 살면서 적당한
때에 적당한 귀인이 내 앞에 나타나곤 했다.

첫 번째 귀인은 나에게 '집'을 주었다. 재테크에 아무 관심이 없던
나에게, 아파트 청약하러 가자며 이끌었다. 덕분에 번듯한 집이 생겼
고, 지금까지 아늑한 보금자리가 되어주고 있다.

두 번째 귀인은 나에게 '경제적 자유'를 주었다. 마흔의 문턱에서
우울증으로 허우적대던 내게 청울림의 『경제적 자유』를 권해 주었다.

그 책을 계기로 자기계발에 관심이 생겼고, 투자를 시작하고, 새로운 모임에 나가면서 나의 세계는 확장되었다. 나의 2회차 인생이 시작되었다.

세 번째 귀인은 나를 '베스트셀러 작가'로 만들어주었다. 혼자였으면 시도하지 못했을 일인데, 미라클여신 덕분에 용기내어 이 책을 쓰게 되었다. 그리고 이 책은 분명 베스트셀러가 될 것이다.

네 번째 귀인은 나에게 '좋은 습관'을 주었다. 하루를 48시간처럼 쓰는 북벤져스 공동저서 작가들은 좋은 습관을 보여주는 최고의 귀인들이다. 그녀들을 보면서 좋은 습관을 따라 했고 이제 나도 좋은 습관러가 되어가고 있다.

과거의 내가 지금의 나를 본다면 그야말로 '기적' 그 자체다. 기적과도 같은 지금의 내가 될 수 있었던 건, 그 귀한 인연을 스쳐 보내지 않고 살려냈기 때문이다. 기적은 귀인을 통해 온다.

살다 보면 또 다른 귀인들이 내 앞에 나타날 것이다. 나는 그 인연들을 스쳐 보내지 않고 귀하게 대할 것이다. 그들과 함께 맛보게 될 기적을 생각하며 행복한 상상에 젖는다.

귀인들 덕분에 많은 기적을 체험 했듯이, 이제는 내가 다른 이들의 기적을 돕는 귀인이 되어보려고 한다.

5.
기적을 만드는 작지만
강한 비법

(반빛홍)

자기 변화는 최종적으로 인간관계로서 완성되는 것입니다. 기술을 익
히고 언어와 사고를 바꾼다고 해서 변화가 완성되는 것이 아닙니다.
최종적으로 자기가 맺고 있는 인간관계가 바뀜으로써 변화가 완성됩
니다.

－『이런 사람 만나지 마세요』 유영만

이런 말이 있다. '내가 일주일 동안 시간을 많이 보내는 주위 사람 5
명의 평균이 바로 내 삶이다.' 무엇을 먹고, 어디서 일하며, 누구와 어
울리고, 어떻게 시간을 보낼지 그 모든 선택이 나의 오늘 하루, 나아가
평생을 좌우한다는 말이다.

나는 한 직장에서 17년을 근무했다. 이십 대 초반에 만나 연애, 결
혼, 돌잔치를 하는 동안 동료, 선배들은 내 인생의 마디마디에 늘 함께

있었다. 그들은 정과 의리로 뭉쳐서 끈끈한 사랑으로 가득 찬 동료지만, 우리는 늘 같은 세상에서 같은 방향을 보며 살았다.

만약 당신이 변화하고 싶다면, 어제와 다른 삶을 살겠다고 마음먹었다면 이제는 새로운 세상, 새로운 사람을 찾아 나서야 한다.

나 역시 온라인 모임, 강연, 수업, 프로젝트 참여 등 새로운 세상의 사람들을 만나 배우고 자극받기 위해 많은 노력을 기울였다.

물론, 새로운 만남이 늘 즐겁기만 한 것은 아니다. 처음에는 새로운 세상의 사람들과 잘 어울리지도 못하는 것 같아 나의 사회성을 의심하기도 했고, 이 사람들과의 관계를 유지하기 위해 내 시간과 노력을 투자해야 하는 게 피곤하다고 느껴진 적도 있다. 하지만 서로가 서로에게 변화를 주고 마음을 여는 관계가 차곡차곡 쌓이기 시작하면서 나는 내 기대 이상의 많은 성장과 성과를 이루었다.

우연히 발견된 마법 램프나 하늘을 나는 양탄자는 동화책에만 있다. 현실을 사는 우리가 기적을 만드는 작지만 강한 비법은 함께하는 멋진 사람에게 있다는 사실을 꼭 잊지 말자!

6.
2020년 내게 온 최고의
선물, 북벤져스

(블레씽메이커 에블린)

지금 당신이 사랑하는 누군가와 함께 살고 있다면, 그 사람도 처음
엔 전혀 모르는 사람이었을 것이다. 당신에게 사랑하는 아이가 있다
면, 그 아이는 분명 다른 사람을 통해서 당신에게 왔을 것이다. 다른
사람 없이 당신이 행복했던 적은 단 한 번도 없다. 다른 사람 없이 당
신이 이 세상에서 할 수 있는 일은 단 하나도 없다. 다른 사람이 나의
존재 근거다.

– 『관계의 물리학』 림태주

독서를 좋아했지만, 독서모임에 참여한다는 건 생각지도 못했다. 그
냥 혼자만의 시간을 즐기며, 좋은 문장에 밑줄을 긋고 더 좋으면 필사
를 하는 것으로 충분하다고 생각했다.

2019년 미라클 어벤져스가 끝나고 미라클여신님이 독서모임을 하

자고 했다. 아이를 두고 나오는 게 쉽지 않은데, 무조건 손을 들었다. 엄마가 아닌 온전한 나를 만나고 싶었다. 그때는 북벤져스를 통해 기적을 만날 거라는 걸 알지 못했다.

2020년은 내 평생에 만난 저자보다 훨씬 더 많은 저자를 만난 한 해이다. 『돈의 속성』 김승호 회장님을 모신 것은 정말 북벤져스가 만든 기적 중 기적이었다. 그런 기적을 미라클여신님은 멤버들 덕분이라 하고, 멤버들은 미라클여신님 덕분이라고 한다. 결국은 함께 하는 우리 모두의 힘이었다.

지금은 또 하나의 기적을 만들어 가는 중이다. 함께 글을 쓰고 있다. 우리도 독자에서 저자가 된다. 특히 나에게 작가는 언젠가 되고 싶은, 막연하게 도전해 보고 싶었던 꿈이었다. 북벤져스와 함께 작가가 되고 싶었던 꿈이 현실이 되었다.

다른 사람 없이 내가 할 수 있는 일은 단 하나도 없다. '빨리 가려면 혼자 가고, 멀리 가려면 함께 가라'는 아프리카 속담이 있다. 나이가 들어갈수록 혼자보다는 함께가 좋다. 아직 가야 할 길이 멀기에, 내 존재의 근거가 되어주는 누군가와 함께 울고 웃으며 그 길을 가고 싶다. 다른 사람 없이 내가 행복한 적이 없었듯, 나 또한 누군가에게 그런 존재의 근거가 되고 싶다. 2020년 나에게 최고의 선물이 되어준 북벤져스를 만난 것처럼.

7.
우리는 참
운이 좋아

(인생언니)

우리는 혼자서는 아무것도 할 수 없지만, 그러나 함께라면 우리의 마음들은 융합되어 따로 분리된 부분들의 힘을 훨씬 능가하는 힘을 가진 어떤 것이 된다. 따로 분리되어 있지 않음으로 해서 '신의 마음'이 우리의 내부에서 우리의 것으로 확립된다. 이 마음은 분할되지 않기에 불굴의 것이다. 우리들은 형제로서 함께 살아가는 것을 배워야 한다. 그렇지 않으면 바보로서 다 같이 멸망할 따름이다.

– 「마틴 루터 킹」

수업을 들으면 항상 꼴찌다. 다른 사람들은 새벽기상을 쉽게 성공하는 듯한데, 나는 이 년이 훌쩍 지난 지금도 늘 버겁다. '나는 왜 이럴까?', '나는 해도 되지 않니 시도를 안 하는 게 나은가?'라는 슬픈 생각을 한 적도 있다.

처음 북벤져스 모임에 참석하던 날, 나는 발가락에 금이 가 정강이까지 감싸는 깁스를 했었다. 일을 미루는 내 성격에 얼마나 좋은 핑계인가. 그런데 발가락 깁스를 해서 혹시 참석을 못 할 수도 있다는 나의 문자에 우리의 리더, 미라클여신님의 걱정하는 한마디에 절뚝거리며 모임에 참석했다. 그 결정이 내 인생을 또 다른 방향으로 바꾸어 놓았다.

김승호 회장님이 북벤져스에 오시던 기적의 그 날, 가족 참석을 허락하는 공동체 덕에 나는 신랑과 함께 참석했다. 모임 참석을 위해 우리 부부가 읽은 그의 저서 '돈의 속성' 덕에 우리는 서로의 돈에 관한 철학을 이야기할 기회를 얻었다.

아직도 북벤져스 정식 회원 가입을 미루는 신랑에게 나는 언제든 원하는 시기에 가입하라고 여유를 부린다. 함께 하는 힘. 그것을 그가 곧 알게 될 것을 믿기 때문이다.

올해 봄, 북벤져스에서 한근태 선생님을 모신 적이 있다. 특강이 있으면 북벤져스에 슬쩍 얼굴을 들이미는 신랑이 그때도 참석한다며 그분의 저서를 미리 읽고 있었다. 이른 새벽 신랑과 마주 앉아 읽은 내용을 이야기하고 우리의 생각을 나눴다. 그리고 출근하는 신랑의 한마디.

"우리는 참 운이 좋아. 서로를 만난 것을 보면."

나는 참 운이 좋다. 북벤져스를 만난 것을 보면.

8.
타인을 통해
알게 되는 것들

(지감독 로아)

> 너의 마음을 즐겁고 기쁘게 하고자 한다면, 네가 함께 어울리는 사람
> 들의 좋은 점들을 떠올려보라.
>
> – 『명상록』 마르쿠스 아우렐리우스

열 길 물속은 알아도 한 길 사람 속은 모른다는 옛말은 나를 두고
한 속담 같다. 알 길 없는 한 길 사람 속 주인공이 바로 나다. 그래서일
까? 나는 자주 타인을 통해 내 마음을 알아차린다. 내가 나를 인식하
는 때보다 타인을 통한 인식이 더 많아 놀라울 정도다.

무엇을 소중히 생각해야 하는지, 누구를 사랑하는지, 그 사랑의 크
기가 얼만큼인지 모르거나 잊는다. 소중한 사람이 누구인지, 날 아끼
는 사람이 누구인지, 내가 아닌 다른 사람을 통해 나를 들여다보게
되는 때가 많다.

혈연관계로 묶인 가족 말고 비슷한 가치관으로 모인 관계가 필요한 이유가 무얼까? 목적은 이루어지는 순간 끝나지만 관계는 과정을 충만하게 만들기 때문이다. 혼자 느끼는 독서의 감동이 100점 만점에 50점이라면 함께 하는 독서는 110점이다. 서로의 경험과 깨달음을 들으며 생생한 감동을 전달받는다. 믿기지 않는 우연처럼 찾아오는 기적을 만나 함께 환호성 치며 즐거움을 공유할 수 있기 때문이다.

약하고 끈기 없고 어두운 내가 '함께' 안에서 성장한다. 신기하게 작심삼일도 계속한다. 단단해지고 밝아지는 걸 느낀다. 관계에서 오는 응원과 따뜻함은 쓸데없는 걱정을 날려버린다. 문제해결을 위한 고민에 집중하게 한다. 그리고 지금의 소중함을 알게 한다. 존재만으로 빛나는 사람이기에 남과 비교하지 않고 나 자신을 들여다보게 한다.

9장

모든 사람이
나의 인생
스승입니다

1.
나는 내가 만나고 배우는
사람들의 합이다

(미라클여신)

세상을 살며 자신에게 큰 영향을 미친 사람들을 정리해 그것을 모아
두면 한 사람의 자서전 역할을 할 수도 있다. 직접적으로 발가벗은 자
신에 대해 말해야 하는 '나의 이야기'로서의 자서전이 아니라 내게 영
향력을 미친 사람들의 이야기야말로 아주 결정적인 내 삶의 증거들
일 수 있다.

― 『나는 이렇게 될 것이다』 구본형

주위를 돌아본다. 나는 지금 배울 것투성이인 사람들에 둘러싸여
있다. 끈기, 열정, 성품 등 각자의 장점으로 끊임없이 자극을 주는 북벤
져스 멤버들부터 시작해 배움으로 인연을 맺게 된 여러 분야 대표님
들과 북벤져스에 모신 작가님까지, 내 삶은 그 어느 때보다 스승들
로 가득 차 있다. 2년 전 회사밖에 모르던 나와 지금의 내가 많이 달

라진 데에는 이분들의 역할이 절대적이었다. 그들의 곁에서 그들을 보는 것만으로도 희망이 샘솟는다. 대충 살 수 없다는 다짐, 저들을 닮고 싶다는 욕망이 솟구친다. 드러눕고 싶은 마음이 들 때면 보이지 않는 손이 등짝을 스매싱한다.

주위를 돌아보라. 당신 주변에는 지금 어떤 사람들이 있는가. 떼어낼 사람부터 눈에 띄는가? 그와 만나면 나도 모르게 누군가의 험담만 주고받게 되는가? 그는 필히 멀리해야 할 사람이다. 늘 무언가를 배우고 새로운 것에 의욕이 넘치는 사람, 과거가 아닌 미래를 이야기하는 사람들 곁에 있어야 한다.

만나는 사람을 바꾸면 삶이 바뀐다. 삶을 바꾸려면 만나는 사람을 바꾸자. 좋은 사람들이 있는 곳으로 나를 보내자. 모든 것이 거기서 시작이다. 내가 2년간 수백 권의 책을 읽고 배우며 얻은 가장 큰 깨달음은 그것이다. 나는 내가 만나는 사람들로 만들어진다는 사실 말이다.

2.
고슴도치에서 귀인으로
바꿔준 북벤져스

(가슴설렘)

> 인생을 바꾸고 싶다면 누구와 만나고 어디에 사느냐가 핵심이다. 오
> 늘 내가 누구를 만나고 누구와 새로운 인연을 맺느냐에 따라 인생은
> 갈림길에 들어선 사람처럼 바뀐다. 인연은 우주의 가장 큰 법칙 중에
> 하나다. 인연은 무슨 일이든지 해낼 수 있게 하며 무슨 일이든지 이
> 룰 수 있게 만든다.
>
> — 『알면서도 알지 못하는 것들』 김승호

엄마가 나를 태교하시면서 '인복이 많은 사람'이 되길 비셨다고 한
다. 그 덕분인지 자라오면서 좋은 사람들을 많이 만났고, 그들은 내
인생에 보물 같은 존재들이었다. 여행을 통해 새로운 사람들을 만나는
게 너무 좋았고 그들과 함께 만드는 추억과 도전으로 삶이 항상 즐거
웠다.

하지만, 30대 중, 후반이 되자 상황이 많이 바뀌었다. 남들과 다른 길을 가다 보니 주변 사람들과 조금씩 멀어졌고, 일이 삶의 중심이 되었으며, 소위 호구가 되지 않기 위해 고슴도치처럼 가시로 나를 보호하고 다녔다.

그러던 중, 미라클 어벤저스 2기로 뽑히게 되면서 새로운 삶을 맞이하고, 미라클 어벤져스와 연결된 북벤져스를 만났다. 미라클 어벤져스와 북벤져스를 통해 불평하고 하소연하던 삶에서 긍정적 에너지가 넘치는 예전의 나로 돌아가는 데 큰 도움을 받았다. 나이도 사는 곳도 직업도 모두 달랐지만, 상대방의 장점을 볼록거울로 봐주고 단점은 오목거울로 보며 작은 이야기도 경청해 주고 응원해주었다. 그들로 인해 뾰족하게 세운 나의 가시들이 천천히 사라지기 시작했고, 다른 사람들의 이야기를 들으며 나를 돌아보고 알게 되었다.

만나는 모든 사람을 귀인으로 여기면 나도 귀인이 될 수 있다는 말처럼, 북벤져스를 통해 귀인으로 존중받는다고 느꼈다. 그래서 나도 그분들을 더 존중하고 존경하게 되었는지도 모르겠다. 오늘도 난, 북벤져스를 통해 많은 걸 배우고 있고, 언젠가 나도 다른 사람에게 도움을 줄 수 있는 내가 되기 위해 노력하고 있다.

3.
나 또한 누군가의
스승이 된다

(달콤솔직)

세 사람이 함께 길을 가면 반드시 나의 스승 될 사람이 있으니, 그중 좋은 점은 골라서 따르고, 좋지 않은 것은 거울삼아 고치도록 한다.

– 『논어』 공자

시간이 지나고 보니 내 삶의 모든 순간은 좋은 사람들과 좋은 인연들의 연속이었다. 나쁜 사람들조차 헤어지고 나서는 내게 깨달음을 주었으니까 말이다. 그걸 왜 모르고 지내왔는지, 고맙다는 말도 못하고 떠나보내는지 후회가 된다.

고3 때 짝사랑하듯 너무나 좋아했던 문홍철 영어 선생님, 선생님께 잘 보이려고 한 공부를 직업까지 연결시켜 주신 인생 스승님이셨다. 놀고만 싶던 나를 끌고 운동도 다니고 영어학원도 데리고 다녔던 멋진 내 친구 미선, 아르바이트하던 학원에서 청소하느라 힘들어하던 내게 맛있는 걸 사 주셨던 총무 선생님도 생각이 난다.

발령 첫해 중요한 업무를 주셔서 죽을 만큼 힘들었지만 1년 뒤 승진 점수와 함께 10킬로 감량까지 덤으로 주셨던 부장님, 그리고 나를 결혼이란 인생 2막으로 이끌어 준 남편, 아이가 아팠을 때 살려주셨던 응급실 의사 선생님, 이사 와서 친구 하나 없던 나에게 먼저 말을 걸어준 동네 언니, 못된 버릇을 고치게 해준 더 못됐던 직장 동료도 떠오른다.

그리고 머리를 쥐어짜며 이 글을 쓰게 한 북벤져스! 특히 북벤져스를 시작하면서 만났던 대박 작가님들을 생각하면 아직도 가슴이 쿵쾅거린다. 혼자 독서를 했다면 과연 그분들을 만날 수 있었을까?

이제라도 깨달았으니 알게 모르게 나를 끌어주었던 좋은 사람들처럼, 나도 누군가에게 그런 좋은 사람이 되고 싶다. 아직 한없이 모자라지만 있는 힘껏 정성을 다해서.

4.
우주를
구해줘

(미라클휜둥이)

세상에서 가장 어려운 일은 사람이 사람의 마음을 얻는 일이란다.

– 『어린왕자』 생텍쥐페리

나긋나긋한 말투에 경상도 사투리를 쓰고 미소가 예뻤던 나의 선생님. 학창 시절을 통틀어 가장 기억에 남는 선생님은 중학교 국어 선생님이다.

국어 수업이 있는 날은 아침부터 기분이 좋았다. 수업 내내 선생님 말씀을 귀담아듣느라 수업 시간이 어떻게 끝나 가는지도 몰랐다. 수업 시작부터 종이 울릴 때까지 내 시선은 선생님에게서 떨어지지 않았다. 국어 시간에는 누구보다도 발표를 열심히 했다. 그래서인지 선생님도 이런 나를 많이 예뻐해 주셨다.

어느 날 방과 후, 선생님은 시내에 있는 큰 서점에 나를 데리고 가서 『어린 왕자』를 사주셨다. 그리고 선생님 댁에서 손수 저녁을 차려주셨다. 선생님과 특별한 시간을 보낸 나는 그보다 더한 행복감을 느껴본 적이 없었다.

『어린왕자』에서 여우는 이런 말을 했다.

"네 장미꽃이 그렇게 소중한 것은 그 꽃을 위해 네가 소비한 시간 때문이다."

선생님은 기꺼이 나에게 귀한 시간을 내어주셨다. 나는 선생님에게 특별한 제자가 되었다는 생각에 가슴이 벅찼다. 친구들과의 문제, 기울어져 가는 가정형편에도 15살 소녀의 감성을 잃지 않고 바르게 살 수 있었던 것은 다 선생님 덕분이었다. 세상에 나를 지지해주는 단 한 사람만 있어도 살 수 있다고 하는데, 그 시절 선생님은 나에게 그런 존재였다.

여우가 세상에서 가장 어려운 일은 사람의 마음을 얻는 일이라고 했다. 한 사람의 마음을 얻는 일은 하나의 우주를 얻는 일이다. 그 시절 나의 우주를 구해준 선생님처럼, 나도 누군가의 우주를 구해주고 싶다.

5.
나를 흔들어 깨워주신
분이 있습니다

(반빛홍)

당신이 진정 바라는 것을 명확하게 소망할수록, 그것을 마음에 품고
있을수록, 목표를 달성하는데 필요한 모든 정보, 기회, 사람들이 내
눈앞에 나타난다. 지금 당신의 마음은 무엇에 집중하고 있는가?

– 『뜨겁게 나를 응원한다』 조성희

내가 많은 분께 소개하고 싶은 소중한 멘토가 있다. 사람에 대한 미
움으로 마음의 문을 닫아걸었던 못난 내 마음에 눈물 꼭지를 콸콸 틀
어주신 분이다. 바로 마인드파워 전문가이신 조성희 대표님이시다.

우리의 첫 만남은 2018년 11월에 시작되었다. 그 당시 나는 몸과 마
음이 정말 힘든 시기였다. 지푸라기라도 잡는 심정으로 너무 힘들어서
네이버에 '마인드'를 치고 이것저것 검색하다 우연히 대표님의 수업을
발견하고 매주 강남에서 새벽 수업을 들었다. 어쩌면 이런 게 운명 혹

은 인연 아닐까?

대표님의 마지막 수업 시간에 한 사람씩 돌아가면서 자신의 목표를 말하라고 하셨을 때 "나는 마라톤과 웨이트로 체력을 키워서 정신을 강하게 만들겠다"고 선언했다. 그리고 그 말은 기적처럼 내 삶 속에 들어와 잠들어 있던 나를 흔들었고 1년 후 나는 그날 말한 모든 목표를 이루었다.

그뿐 아니라 대표님의 응원과 격려 덕분에 2020년 10월, 나는 마인드파워 코치가 되었다. 이제 나는 흘러가는 대로 살지 않고 내가 내 삶의 주인으로 살며 매일매일 성장하고 있다. 그리고 앞으로도 나 자신이 얼마나 성장할지 너무 기대되고 가슴이 설렌다.

지금 당신의 삶의 여정에는 어떤 멘토가 있는가?

6.
약해진 게 아니라
사람이 그리운 순간

(지감독 로아)

똑같은 무게가 어느 때는 더 무겁게 느껴지고, 똑같은 어둠이 어느 때
는 더 짙게 느껴질 때가 있다. 평소에는 거뜬히 이겨내던 것들도 견디
기 힘들어질 때가 있다. 이를 우울증이라 하고, 갱년기라고 하지만,
50이 되도록 열심히 살았으니 지칠 때도 된 것이다.

－『귀찮지만 행복해 볼까』 권남희

10대와 40대에 느끼는 삶의 무게가 다르다. 문득 나이 들수록 삶의
무게가 더 무겁게 느껴질 때가 있다. 어째서 똑같거나 가벼워지지 않
는 걸까? 평소에 거뜬히 이겨냈던 게 힘겨워지면 나이를 들먹인다. 늙
어서 그렇다 나이를 탓한다.

나이가 들수록 더 단단해져야 하는 게 아닐까? 정말 세월 때문에
약해진 걸까? 나이 들었기 때문에 무겁고 짙은 어둠이 느껴지는 걸까

묻고 또 묻는다.

나이 탓이 아니다. 나이 때문에 약해진 게 아니라 사람이 그리운 거다. 사람의 사랑이, 관계에서 전해지는 뜨끈한 사랑이 그리운 거다. 누군가의 인정이, 누군가의 웃음이, 누군가의 따뜻한 말이 필요했던 거다.

나에게 건넨 "당신은 아름다운 영향을 주는 삶을 살 거예요"라는 말에 무겁던 무게가 한층 가벼워진다. 독백처럼 쓴 블로그 댓글에 전화해서 "그러다 말아. 괜찮아"라는 말에 짙은 어둠이 옅어진다. 쏟아지는 생일 축하에 사랑받기 위해 태어났음을 실감한다.

내가 나를 일으키기 힘들 때, 똑같은 삶의 무게가 더 무겁게 느껴질 때 좋은 사람이 옆에 있다는 건 큰 행복이다. 그들 안에서 나는 다짐한다. 내일은 나의 웃음이 그대에게 힘이 되어줄 수 있기를, 없던 힘도 솟아나게 하기를, 짙은 어둠에 작은 불빛이 되기를.

10장

나의 가슴을 설레게 하는 도전, 지금 하고 계신가요?

1.
아무것도 하지 않았던
20여 년보다 더 많은
일을 이루어낸 2년

(미라클여신)

아무것도 하지 않으면 아무 일도 일어나지 않는다.

– 기시미 이치로

20대부터 마흔일곱이 될 때까지 20여 년이 넘는 동안의 나의 삶을 이보다 더 잘 표현한 문장이 있을까? 대학을 졸업하고 직장에 입사하고 몇 년 후 결혼을 했다. 그 뒤론 가족을 건사하기 위해 일하는 것 빼곤 아무것도 하지 않고 살았다. 결혼했으니 가족만 잘 챙기면 되는 줄 알았다. 그게 순리대로 사는 건 줄 알았다. 2년 전에야 깨달았다. 나의 삶에 변화가 없는 이유를. 나를 위해선 아무것도 하지 않으니 아무 일도 일어나지 않았던 것이다.

아무것도 하지 않던 삶에서 벗어나 '무언가'를 하기 시작한 지 2년의 시간이 흘렀다. 새벽기상을 하고, 플래너로 하루를 계획하고, 책을 읽었다. 블로그를 시작하고, 자기계발 프로그램을 만들고, 독서모임을 만들었다. 여러 수업을 듣고, 명사들을 만나면서 꿈이 생겼다. 거기다 이렇게 책까지 쓰고 있다.

최근 2년간의 삶이 지난 20여 년의 삶보다 훨씬 다이나믹했다. 사실 그 둘을 비교한다는 것 자체가 어불성설일 듯싶다. 지난 20년은 시체로 살았다고 해도 과언이 아니니. 팔딱거리며 살아 숨 쉰다는 것이 무엇인지 이제는 안다.

무언가를 하기 시작한 뒤, 그것이 줄줄이 가져오는 나비효과를 난 기적이란 단어로 체험하고 있다. 그러니 더 이상 내 삶에 아무것도 하지 않는 나는 없을 것이다. 내가 지금 내딛을 한 발짝이 앞으로 또 어떤 기적을 불러올지 미치도록 궁금하니까.

할까 말까 망설여지는가? 해도 안 될 것 같은가? 기적을 바란다면 하라. 두렵다고 하지 않으면 아무 일도 일어나지 않는다. 해보지도 않고서 기적은 내게 일어나지 않는다고 하늘을 탓하지 말라. 행동하지 않는 사람은 하늘도 신도 도와줄 재간이 없다.

2.
내 삶을
디자인하다

(달콤솔직)

당신이 두려워하는 그 일을 하세요. 그러면 틀림없이 두려움이 사라
질 것입니다.

– 랄프 에머슨

인생의 목적은 사랑받는 사람이 되는 게 아니라, 자기 자신이 되는 거
야.

– 무라카미 하루키

3년 전 늦가을 어느 날, 딸을 학원에 데려다주고 엘리베이터를 기다
리고 있을 때였다. 문득 거울에 비친 내 얼굴을 보게 되었다. 그날따라
무표정하고 세상만사가 귀찮다는 표정의 나를 보고 있자니, 이십 대
의 활기에 넘쳤던 나는 어디로 가버렸을까 하는 생각이 들었다. 그냥

하루하루 잘 짜인 일과에 따라 끌려 살아가고 있다는 생각이 퍼뜩 들었다.

"뭔가 가슴 설레는 일을 하고 싶어. 이렇게 시간에 끌려가듯 살긴 싫어."

무작정 다음 날 블로그를 뒤져 강의를 하나 신청했다. 그리고 그달의 베스트셀러 5권을 주문해서 읽기 시작했다. 처음 블로그에서 신청한 강의를 들으러 가는 날에는 두려움에 몸이 떨렸다. 아무것도 모르는데 뭘 믿고 가는 거지? 하지만 두려움을 떨쳐내고 강의에 가서 새로운 사람들을 만나게 되었다. 내가 모르는 세상에 삶을 열정적으로 이끌며 살아가는 사람들이 있다는 걸 알게 된 첫날이었다. 나는 개구리가 우물 밖으로 나온 듯한 기분을 느꼈다.

두려움 대신 용기를 선택했던 3년 전 11월의 그 날 이후, 혼자였다면 작심삼일로 끝났을지도 모르는 새벽기상, 독서, 글쓰기를, 나에게 영감을 주는 멋진 사람들과 꾸준히 함께하고 있음에 감사한다. 그리고 의도한 건 아니었지만 아이들마저 엄마가 새벽에 일어나 책 읽는 모습이 멋지다고 말해준다.

삶의 시간을 내가 이끌고 살아가는 요즘, 나는 너무나 행복하다.

3.
우리는 진짜 못해서가 아니라
안 해서 못할 뿐입니다

(반빛홍)

누구나 자기 안에 보물을 갖고 있다. 그런데 이 보물은 혼자만 간직하고 있으면 어느 순간 가치가 사라진다. 쓸모없어진다. 아울러 그 보물을 바탕으로 도전하기를 바란다. 가지고 있는 보물마저 잃을까 두려워서 가만히 있으면 성공은 없다, 성공한 사람들이 그것을 증명한다.

– 『고교중퇴 배달부 연봉 1억 메신저 되다』 박현근

2019년 여름, 올해는 기필코 다이어트에 성공하겠다고 굳게 다짐했다. 10년째 새해 목표는 52kg 만들기였다.

그동안 늘 '나는 갑상선 질환이 있어서 무리해서 운동하면 안 돼!', '나는 마음만 먹으면 금방 살을 뺄 수 있어!'라고 했지만 살은 절대 빠지지 않았다. 그래서 정말 이번에는 기필코 성공하겠다고 다짐했다.

SNS 모임에서 만난 동지들과 매일 다이어트 일지를 쓰고, 운동 인증을 남기고, 식단에 관한 영상을 보고, 관련 책까지 읽었다. 큰맘 먹고 거금을 들여 PT도 끊었다. 반드시 목표를 이루겠다고 결심하고 운동을 시작하니, PT에 쓰는 돈이 하나도 아깝지 않았고, 고통스러울 줄 알았던 다이어트의 시간들이 오히려 너무 행복하고 즐거웠다.

결국 나는 2019년 12월에 다이어트에 성공했다. 그리고 바디프로필까지 찍는 헬짱 직장맘이 되었다. 숨쉬기가 세상의 모든 운동이라 믿었던 내 안에 이런 운동본능이 있을 줄은 미처 몰랐다.

누구나 매년 다이어리에 반복적으로 적고 있는 목표가 있을 것이다.

나와는 전혀 상관없거나, 지금의 내 처지와는 어울리지 않는다고 생각하며 시작할 엄두도 못 낸 목표가 있을 것이다. 그렇다면 더 이상 망설이거나 미루지 말고 아주 작은 행동이라도 실천해보자. 그 목표가 무엇이든지, 당신은 결국 해낼 것이다.

4.
도전에게
고백성사

(지감독 로아)

어떤 분야든 정상에 오른 사람들의 삶의 공통점은 조금은 규칙적이
고 지루한 하루의 반복이었다. 나는 경쟁하지 않았다. 단지 하루하루
를 불태웠을 뿐이다. 그런 매일매일의 지루한, 그러면서도 지독하게
치열했던 하루의 반복이 지금의 나를 만들었다.

　　　　　　　　　　　　　　－『나는 내일을 기다리지 않는다』강수진

2013년 어느 날의 일기를 읽었다. 그때도 지금도 완성되지 못한 꿈
은 미완성으로 존재한다. 꿈을 찾아 헤매고 있는 모습도 여전하다. 그
런데 8년 전과 달라진 걸 발견했다.

8년 전, 나는 주먹을 꽉 쥐고 있었다. 온몸에 힘이 들어가 이를 악물
고 누구한테 보여주기 위한 모습이었다. 그때는 내 의지와 다른 모든
것이 억울하고 화가 났다. 증오와 복수심에 이글이글 불타는 불덩이를

껴안고 있었다. 돌이켜보면 그때 내 마음은 나만 힘들고 나만 불운하다 믿었다. 그때나 지금이나 크게 달라진 상황은 없다. 그래서 잘사는 게 뭔지 모른 채 바쁘게만 산다 생각했다.

지나온 날들의 기록을 보기 전까지 알지 못했다. 아직까지 잘하고 좋아하는 걸 찾는 건 진행형이다. 하지만 나도 모르게 삶을 대하는 자세가 달라져 있었다. 악물었던 이도, 꽉 쥐었던 주먹도 유연해졌다. 자세히 들여다보니 미세함의 차이를 볼 수 있었다.

누구를 위한, 누구에게 보여주기 위함이 아니다. 나를 위해 집중한다. 혼자가 아니라 사람들과 함께한다. 사랑하는 사람, 꿈을 찾는 사람과 함께하고 있다. 상처를 인정하고 안아주기도 하고, 증오로 가득했던 마음을 비워내기도 한다.

아직 부족하지만 괜찮다. 점점 좋아지고 있고, 앞으로 더 좋아질 테니까. 혼자가 아니라 함께 하고픈 사람들이 있으니까. 꿈을 놓지 않으면 꿈을 따라가게 되니까.

한 발짝 한 발짝 작은 걸음으로 나아가도 괜찮다. 그 걸음 끝에 날개를 달아 날고 있을 테니까. 참여하지 않으면 누릴 수 없는 것들이 많다. 별거 아닌 것 같고, 아무리 작아 가볍게 보이더라도 도전하자. 그 도전이 성장의 씨앗이 된다. 메마른 땅에 싹으로 자라나 어떤 꽃이 되고 얼마나 큰 나무가 될지 누가 알겠는가.

똑같게 느껴지는 일상에 작은 도전이 인생에 빛이 된다. 조금씩 계속하는 사소하고 꾸준한 도전이 인생에 거름이 된다. 5년 뒤, 도전이라는 이름의 빛과 거름이 인생 정원에 어떤 꽃과 나무로 자랄지 기대된다.

11장

내 인생의 과거를
돌아보면 무엇을
후회하나요?

1.
자유와 행복의
아일랜드

(가슴설렘)

> 과거의 선택을 최고의 선택으로 만드는 것은 앞으로의 당신입니다.
>
> — 『너무 애쓰지 말아요』 이노우에 히로유키

    나에게 특별한 능력이 있어서 5년 전의 과거로 돌아간다면? 내가 정착한 지 벌써 7년이 되니, 난 5년보다 조금은 더 이른 7년 전으로 돌아가는 상상을 하고 싶다.

    약 8년 전, 유럽 여행을 하고 싶었기에 모든 걸 내려놓고, 영어가 가능한 아일랜드로 떠났다. TESOL을 공부하며, 그동안 지친 사회생활에서 해방되어 너무 행복했다. 운 좋게 좋은 집과 좋은 하우스메이트도 만났다. 커피숍과 레스토랑에서 같이 일하는 친구들도 너무 좋았다. 휴가 기간이나 연휴에는 스페인, 벨기에, 영국, 모로코, 네덜란드 등 유럽 여러 나라를 여행하며 정말 꿈같이 즐겁게 살았다.

비자 만기가 되면 돌아갈지, 아니면 더 머물지 고민에 빠졌다. 이때가 7년 전쯤이고 이 시점으로 돌아간다면, 난 한국에 돌아오지 않았을 것이다. 그랬으면 어땠을까?

무엇보다 사람을 좋아하는 나는 친구들과의 소소한 추억을 더 많이 만들었을 것이다. 그들은 너무나 마음에 맞는 친구들이었기에 일을 해도 즐거웠다. 주말엔 하우스메이트들과 이야기하고 집 뒤에 있던 정원에서 볕을 쬐며 차를 마시는 휴일도 너무 좋았다. 외모나 옷 등에 신경을 쓰지 않았기에 자유로웠고, 평화로운 삶이 너무 좋았다. 그래서 그 여유롭고 작은 것에 만족하는 삶을 더 많이 누리고 감사할 것이다.

하지만 한국으로 돌아왔고, 아쉬움과 공허함이 크긴 했지만, 앞으로 다가올 현실을 알게 되었다. 그와 동시에 냉정한 세상을 살아가는 법을 배웠고, 내가 원하는 자유를 누리기 위해 나에게 필요한 것이 무엇인지 알게 되었다.

그래서 언젠가 다시 꿈꾸는 자유를 실현하는 날까지 나에게 필요한 것들을 하나씩 준비하는 중이다. 과거의 선택으로 만들어진 나의 추억이 미래의 꿈으로 곧 실현되길 기대하면서.

2.
다시 돌아가면
후회 안할래요

(긍정러너 하야짱)

이미 끝나버린 일을 후회하기보다는 하고 싶었던 일을 하지 못한 것
을 후회하라.

– 탈무드

어렸을 때 나는 철이 빨리 든 것 같다. 힘들게 사시는 엄마 아빠를
보며 조금이라도 도움 드릴 일이 뭘까 고민하면서 자랐다. 그게 자식
으로서 당연한 의무라 생각하며 자랐으니 우리 아이들도 당연히 그러
리라 생각했다. 그러나 아이들이 하는 행동이 내 마음에 들지 않을 때
가 많았다. 사실 하나도 마음에 드는 게 없었다.

하나부터 열까지 왜 저럴까 하면서 아이들을 바라봤다. 지금 생각
해 보니 그 시절 나는 자존감이 매우 낮았던 것 같다. 그래서 아이들
에게 더 집착하지 않았을까 생각해 본다.

내 과거를 돌아보면 후회하는 것이 하나도 없는데 아이들을 사랑으로 보살펴 주지 않은 것이 가장 후회가 된다.

다른 아이들과 비교하며 왜 저렇게 못 하느냐고, 없는 형편에 국·영·수는 기본이고 피아노, 검도, 바둑, 글쓰기 등 웬만한 건 개인과외로 하면서. 내 욕심대로 되지 않으면 아이들에게 상처 주는 말을 많이 했다. 그때는 정말 사는 게 지옥 같았다.

지금은 건강만 해도 감사하는 마음으로 아이들을 바라보니 이렇게 이쁜 아이들을 맘껏 사랑하고 있는 그대로 이뻐해 주지 못한 게 마음이 아프다. 다시 과거로 돌아간다면 나는 아이들에게 사랑을 듬뿍 주고 행복하게 자라는 모습을 지켜보면서 내 생애 마지막까지 서로 마음을 주고받는 영원한 친구로 남고 싶다.

3.
과거야
물렀거라

(긍정러너 하야짱)

낭비한 시간에 대한 후회는 더 큰 시간 낭비이다.

– 메이슨 쿨리

2년 전까지 나는 지하에 있는 4평정도 매장에서 1년 365일 중 구정, 추석 이틀만 쉬고 매일 출근했다. 그 일을 10년을 넘게 했다. 누구는 어떻게 그렇게 살았냐고 물어본다.

그 답은 나도 모른다. 그냥 매일 매일 일할 수 있는 것만으로도 감사한 마음으로 작은 매장문을 매일 열었다.

그런데 5년 전으로 돌아간다면 무엇을 하고 싶냐고? 자신에게 물어보면 요즘 내가 하는 생활을 그대로 하고 싶다. 4시쯤 새벽기상을 하고, 멋진 친구들이 있는 공간에 굿모닝 인사를 하고, 무료 줌에서 5시부터 6시까지 요가 명상을 하고, 6시 이후 좋은 글을 필사하고, 낭독도 하고, 캘리그라피도 연습하고, 수채화 그림도 그리고, 공기 좋은 날에는 달리기도 하고, 근력을 키우기 위해 헬스장에 가서 운동도 하고, 여자들의 로망인 폴댄스에도 도전해서 연습도 열심히 하고, 날씨가 따뜻해지면 모터보트도 멋지게 몰아보고, 웨이크보드, 수상스키에도 도전해 볼 생각이다.

이 모든 걸 5년 전부터 시작했으면 얼마나 좋았을까? 하는 아쉬움은 있지만, 인생은 60부터라는데 지금이라도 시작했으니 포기하지 않고 끝까지 열심히 해서 5년 뒤 과거를 돌아볼 때 아쉬운 거 하나도 없다고 말할 수 있도록 오늘 지금 이 시간을 나만을 위해 사용하려고 한다. 나부터 행복해야 내 주위 사람들도 같이 행복할 수 있으니까.

4.
꾸준함, 가장
빠른 지름길

(달콤솔직)

인생은 한 권의 책과 같다. 어리석은 이는 그것을 마구 넘겨 버리지만, 현명한 인간은 열심히 읽는다. 인생은 단 한 번만 읽을 수 있다는 것을 알기 때문이다.

- 상 파울

우리 엄마는 욕심이 많으셨다. 그래서 당신의 소중한 첫째 딸에게 무엇이든 아낌없이 해보도록 전폭적인 지원을 하셨다. 8살 때부터 피아노, 서예, 주산, 웅변학원 등을 계속 다녔는데, 지금 생각해 보면 놀 생각이 먼저였던 나에게 버거운 일이었다. 어떻게 하면 학원을 그만 다닐 수 있을까 궁리하며 엄마를 졸랐던 기억이 난다. 피아노 학원 선생님이 무섭다고 거짓말하고 1년도 채 지나기 전에 그만두기도 했다.

몇 십 년의 세월이 흘러 어이없게도 나는 락밴드에 빠지게 되었다.

듣는 것만으로는 성에 안 차 내가 직접 연주하고 싶었고 때마침 기타 치는 동네 언니의 소개로 직장인 밴드에 들어가게 되었다. 그때서야 어릴 적 피아노를 그만둔 것에 통탄할 수밖에 없었다. 땅을 치며 후회하면서도 음악이 너무 좋아 1년간 피아노만 연습하며 지냈다. 주 1회 레슨을 받고 6일간 혼자 맹연습을 했다. 1년 후 졸업 공연에서 퀸의 <보헤미안 랩소디>를 투 건반으로 공연했던 그 시간은 정말 짜릿했다.

피아노뿐이었을까? 먹 갈기 지루하다며 내 인생에 먹물은 없어! 라며 서예학원도 3개월 만에 그만두었다. 아이러니하게도 고등학생 때 짝사랑하던 선배가 있는 동아리가 서예부였으니. 한 번이라도 얼굴을 볼 수 있을까 하며 서예부에 들어가게 된 건 운명이었나 보다.

짝사랑은 이루어지지 않았지만 3년 내내 먹 갈며 기초부터 시작했던 서예는 빛을 발했다. 졸업 전시회에 내 작품이 걸릴 때는 얼마나 뿌듯했는지 모른다. 비록 남자친구는 못 얻었지만 공들인 작품 하나를 건졌으니.

돌이켜보면 엄마가 쉽게 가라고 이끌어 준 길을 거부하고, 중간에 돌고 돌아 결국 내 손으로 힘들게 다져온 일들이 내 과거였다.

이제 나는 깨닫는다. 끈기 있게 무엇인가를 오래 하다 보면 결국 내가 원하는 삶이 된다는 사실을. 나에게 맞는 일인가 의심하지 말고 닥치고 그냥 해보자는 것을. 그것이 과거로부터 배운 삶의 지름길이다.

5.
꼬옥
안아줄래요

(럽앤그로)

자기를 미워하면서 상대를 사랑할 수 있을까요? 스스로에게 가혹하면서 상대에게 너그러울 수 있을까요? 우리는 스스로에게 좀 너그러울 필요가 있습니다.

인간의 말과 행동은, 그것이 폭력적이든 비폭력적이든 모두 어떠한 욕구를 만족시키기 위해 애를 쓰는 과정이지요. 그 행동에 대해 옳고 그른 판단을 뛰어넘어서 충족하고 싶었던 욕구와 감정을 인식함으로써 자신을 깊이 용서할 필요가 있습니다.

합리화하라는 것이 결코 아니에요. 나의 행동에 후회하고 슬퍼하는 과정 다음에 나를 이해하고 용서하는 과정이 반드시 필요하다는 이야기에요. 나 자신을 용서했다면 이제 상대에게 고백해볼까요?

— 『사실은 사랑받고 싶었어』 박재연

성공한 분들의 강의를 들으며 발견한 공통적인 특징 중 하나는 자기 확신이 분명하다는 점이고, 또 하나는 스스로와의 대화를 많이 한다는 점. 그리고 한때 부족했던 자신의 모습을 부끄러워하지 않고 너무도 당당하게 털어놓는다는 점이었다(김미경 강사님, 신사임당 님, 김유라 작가님 등).

나는 그러지 못했다. 일면의 미성숙은 인간으로서 당연하다고 받아들이고 용서하고 앞으로 나아가야 함에도. 때때로 지나친 수치심에 숨어 꽁꽁 얼어 있었던 것 같다.

그럼 5년 후의 나는 과거가 된 오늘의 나를 어떤 모습으로 기억하게 될까?

그날의 내게 힘이 되는 오늘을 살아가기로 결정한다. 지금을 살아내는 내게 감사하고, 위로하며, 격려의 포옹을 한다. 어깨를 감싸 토닥토닥 두드리며 '수고했어, 고마워, 할 수 있어, 다 잘 될 거야'라고 말해 준다. 그리고 행복한 발걸음을 뚜벅뚜벅 내디딘다. 얼마가 지나더라도 오늘을 사랑스런 모습으로 떠올릴 수 있도록.

그렇게 오늘의 나는 어제보다 멋있고, 내일의 나는 오늘보다 더 사랑스러울 것이다.

6.
지금 아는 것을
그때도 알았더라면

(인생언니)

지금 알고 있는 걸 그때도 알았더라면

내 가슴이 말하는 것에 더 자주 귀 기울였으리라

더 즐겁게 살고 덜 고민했으리라

더 많이 놀고 덜 초조해했으리라

설령 그것이 실패로 끝난다 해도

더 좋은 어떤 것이 기다리고 있음을 믿었으리라.

– 『지금 알고 있는 걸 그때도 알았더라면』, 잠언 시집 류시화

나는 이 시를 스무 살쯤에 접했다. 한창 꿈을 꿀 나이. 나의 미래가 온통 장미빛이라고 믿어 의심치 않던 나이에 이 시를 읽고 '참 좋은 시네'라고 말했던 것 같다. 그런데 나는 어리석게도 이 시를 머리에만 넣고 가슴에는 새기지 못하는 실수를 범했다.

마흔을 훌쩍 넘은 나이가 된 지금, 다시 소리 내어 읽어보니 구절 하나하나가 가슴에 와닿는다. 내가 겪은 실패들이 결국 나의 사명을 깨닫게 하기 위함임을 알았더라면, 기쁘게 받아들였을지 모른다. 그리고 나 자신에게 실망하고 절망하며 귀한 시간을 낭비하지 않았을 것이다.

내가 겪는 실망과 실패가 결국은 조금 더 나은 나를 만들기 위해서라고 믿는다면 내 인생을 전혀 새로운 방향으로 이끌 수 있다. 조금 더 나은 내가, 그리고 우리가 되기 위한 과정임을 온전히 믿으면 굳이 절망스러울 정도로 힘든 일은 없기 때문이다.

다시 이십 년이 흘러 예순을 넘긴 나이가 되었을 때, 지금 중년의 나이에 내가 하는 후회를 하지 않기 위해 나는 오늘 내가 도전하는 일들이 실패로 끝나도 더 좋은 것이 기다리고 있을 거라고 믿는다. '인생 언니! 당신은 오늘 조금 더 아름다워질 거야.'

12장

가슴 뛰는
당신의 미래,
어떤 모습인가요?

1.
5년 뒤, 기적이
아닌 믿음

(가슴설렘)

간절하고 열렬한 소망을 가져라. 불타오르는 소망이 진가를 발휘할 때 승리는 이미 당신의 것이다. 진정으로 원하는 마음을 갖고 노력한다면 불가능을 가능으로 바꾸는 것은 어렵지 않다. 그리고 자기 자신이 인정하지 않는 한 이 세상에 불가능이란 없다.

- 『놓치고 싶지 않은 나의 꿈 나의 인생 1』, 나폴레온 힐

5년 뒤, 2026년. 햇볕이 잘 드는 큰 테라스가 있는 아늑한 집에서 요가와 명상을 하며 하루를 시작한다. 5~6년 전부터 부지런히 공부하고 투자한 덕분에 일하지 않아도 현금 흐름이 월 500만 원이 되면서, 순자산이 어느덧 15억이 되어간다. 경제적 자유를 이렇게 누릴 수 있다니, 그동안 절제했던 나의 노력이 보상받을 수 있어서 행복하다.

5년 전, 북벤져스 사람들과 함께 낸 책이 베스트셀러가 되며, 작가

로서 이름을 알리게 되었고, 벌써 3번째 책을 쓰고 있으며 꿈에 그리던 디지털 노마드의 삶을 살고 있다.

다가올 11월부터 프랑스 생장부터 포르투갈까지 '산티아고 순례자의 길'을 갈 예정이다. 그 후 따뜻한 곳에서 피로를 풀고, 돌아오는 일정을 포함해 3개월간의 긴 여행을 계획 중이다. 2014년, 레온에서 산티아고까지 300km를 혼자 다니며 다음엔 꼭 남편과 다시 오겠다고 다짐하고 꼬박 12년이 걸렸다. 늦은 결혼이었지만, 존경하고 의지할 수 있는 든든한 평생 친구 같은 남편을 만나 결국 꿈도 이루어졌다.

지금 생각해 보니 5년 전 미라클여신님이 쏘아 올린 공동저서 책 출판을 기점으로 나를 포함, 10명의 인생이 드라마처럼 바뀌었다. 기적이 아닌 믿음으로 이 모든 게 이뤄진 것 같다. 10명 모두 선한 영향력을 갖고 있기에, '북벤져스'라는 이름으로 모든 게 프리패스되고 있다. 서로를 꾸준히 다독이고 응원하면서 지금 이 자리까지 온 것이기에 또 다른 앞으로의 5년을 꿈꾸며, 오늘도 북벤져스로 향한다.

2.
설레는 꿈,
미래, 목표

(긍정러너 하야짱)

결국 미래는 또 다른 하루이다.

– 마가렛 미첼

정말 어렵다. 나는 목표, 미래, 꿈, 이런 단어만 나오면 움츠러들었다. 왜냐하면 얼마 전까지는 미래를 생각해 본 적이 없기 때문이다. 그냥 하루하루 열심히 살면 된다고 생각했다. 친구들이 목표를 정하면 그냥 웃음이 나왔다. 지금이나 잘 살라고 하면서. 정말 몰라도 너무 모르고 살았다.

요즘 독서를 하면서 많이 듣는 단어가 꿈, 미래, 목표다. 이제는 이런 단어를 들으면 가슴이 설렌다. 나의 꿈은 무엇일까? 나의 미래는 어떨까? 멋진 꿈과 미래를 만나려면 지금 내가 어떻게 해야 할까? 여러 가지 고민을 해보는데, 고민하는 시간조차도 행복하다.

북벤져스 친구들과 매일 운동을 하고 책을 읽고 필사와 낭독을 하고 새로운 것에 도전하는 나! 5년 후에 나는 멋진 여성이 되어 있을 거다. 매일 매일 꾸준히 하면 지금보다 나은 나를 만날 수 있다는 사실을 알게 되었기 때문이다.

그래서 더욱 기대된다. 5년 후의 내 모습이.

3.
오늘 하루를
보낸다는 것

(달콤솔직)

오늘 하루가 확대된 게 일생입니다. 내 일생에 필요한 것이 있다면 그건 사실 내 하루 안에도 다 들어가야 해요. 많은 사람들이 하루를 무시합니다. 먼 미래는 엄청나게 고민하면서 오늘 하루는 어영부영 대충 흘려보내요. 내가 원하는 성공도, 내가 바라는 미래도 그 출발은 오늘 하루입니다. 하루는 24시간이 아니라 내 인생의 축소판이에요.

– 『이 한 마디가 나를 살렸다』 김미경

이 글은 멘탈도 약하고 끈기도 약한 나에게 새벽기상과 독서 모임을 꾸준히 이어가게 해준 화력이 되었다. 김미경 강사님의 말들을 A4용지에 출력하여 내 책상 앞에 붙여 놓기도 하고 힘들 때마다 필사를 하기도 했다.

바쁜 워킹맘의 시간표에 내 일생에 필요한 것들을 채워 넣고, 써보기 시작했다. 하루에 다 안 되면 이틀에 한 번, 사흘에 한 번이라도 해 보려고 노력했고, 지금도 노력하고 있다.

하루 100페이지 책 읽기, 주 4회 만 보 걷기, 월 1회 나를 위한 자유시간 갖기, 계절마다 한 켤레씩 예쁜 신발 사기, 일 년에 한 번 이상 가족여행 등을 써본다. 쓰다 보면 싫어도 해야 하는 것과 좋아도 참아야 하는 것들이 눈에 보인다. 그러면서 내가 꿈꾸는 나의 미래가 어렴풋이 그려지기 시작한다.

'아, 나는 이런 삶을 살고 싶어 하는구나.' 어릴 때는 몰랐던 나 자신에 대해 하나씩 알아가는 지금이 너무나 행복하다. 못하는 것은 포기하게 되는 나이, 잘하는 것은 해볼까? 용기 내보게 되는 나이. 오늘 하루도 잘 살아낸 나 자신이 정말 기특하다.

4.
새로운 생각,
새로운 미래

(럽앤그로)

새로운 인생은 새로운 생각을 할 때 가능하다. 새로운 생각은 새로운 언어를 만날 때 시작된다. 과거의 나에게서 벗어나지 못하게 만드는 해로운 언어를 버리고, 미래의 나를 만들어줄 이로운 언어를 받아들일 때 인생의 반전이 시작되는 것이다.

 – 『내 상처의 크기가 내 사명의 크기다』 송수용

한 사람이 겪은 언어의 크기는 그 사람의 세계의 크기일 수 있다. 부모로부터 물려받은 언어, 여러 간접 경험을 통해 쌓아 온 언어, 내가 선택한 언어, 그 언어가 나를 만들어왔으니 그것이 끝일까?

다시 만들어 갈 수 있다면 지금부터 나는 어떤 언어를 받아들이고 선택해야 할까? 당연히 빛나는 내일을 만들 긍정의 언어를 선택할 것이다. 그 실천이 쉽지 않을 수 있지만 그럴수록 바꿀 수 있다고 확실히 믿고, 꾸준히 행동해야 한다.

"생각으로 행동을 바꾸기 어렵다 그러니 행동으로 생각을 바꾸자."

지식생태학자 유영만 교수님의 말씀이다.

세상의 편견이나 기존 질서는 접어두고, 행동하자! 그리고 바뀌자! 당신은 빛나는 내일을 위한 오늘의 노력을 귀하게 여기는 사람이며, 반드시 아름다운 미래를 이룰 것이다.

이 책은 바로 그런 이들을 위해 만들어지고 있기 때문이다. 우리의 만남은 우연이 아니다.

5.
기적이
주문되었습니다

(미라클횐둥이)

"우주에 '기적'이 얼마나 쌓여 있는 줄도 모르잖아. 건방진 인간들이 왜 그런 수치를 함부로 정하지?"

"응? 우주님, 지금 화내는 겁니까?"

"화내지 않게 되었냐고! 기적은 얼마든지 일어날 수 있는 거야. 정원 따위는 없다고!"

"결과를 정하면 반드시 그대로 되는 겁니까?"

"그렇다고 몇 번을 말했어! 연봉 1억 엔이건 세계 일주이건, 주문만 하면 다 이루어진다니까! "

"정말로 기적이 쌓여 있다면 더 많은 사람들에게 기적을 일으켜주면 좋지 않습니까. 저도 연봉 1억 엔으로…"

"그런 사람이 되면 되잖아."

"네?"

"그러니까 주문을 하면 되잖아. 결정을 하고 주문을 하라니까. 우주
는 항상 주문대로 이루어준다니까."

– 『2억 빚을 진 내게 우주님이 가르쳐준 운이 풀리는 말버릇』, 고이케 히로시

이 책을 읽고 너무 허무맹랑한 이야기 아니냐고 코웃음을 쳤다. 시
험 삼아 우주에게 원하는 것을 주문해보았다. 소소한 주문이어서 그
랬는지 주문했던 건 모두 이루어졌다.

'무엇이라도 꿈을 꿀 수 있다면 그것을 실행하는 것 역시 가능하다'
고 월트 디즈니가 말했다. 과거에는 마음 속에만 품었던 꿈을 이제는
우주에게 기적을 주문한다. 나는 이 주문이 이뤄질 거라는 것을 안다.
주문서에 작성한 꿈을 이루기 위해 나는 매일 진지하게 노력하고 실행
하고 있기 때문이다.

꿈이 있다면, 안된다고 단정 짓지 말고, 기적을 주문해보면 어떨까?
기적은 그것을 믿는 사람에게 오기 마련이니까. 이제는 내게 올 기적
을 의심하지 말자. 온 우주는 내 편이고, 내가 잘 되기만을 바라고 있
다고 믿어보자.

이제 준비가 되었다면, 우주를 향해 기적을 주문해보자. 로켓배송,
총알 배송은 아니지만, 틀림없이 기적은 나에게 배송될 것이다.

6.
꿈이 현실이 된
행복한 오늘

(블레씽메이커 에블린)

5년 후의 나를 결정하는 두 가지는 만나는 사람과 읽는 책. 이를 빼
면 아무리 세월이 흘러도 같은 자리에 머문다.

－「50 홍정욱 에세이」 홍정욱

책을 읽다 '경제적 자유'라는 표현이 눈에 들어왔다. 단순하게 '부자'
가 되고 싶다는 생각만 하던 나에게 '경제적 자유'라는 말은 훨씬 신선
했고, 그냥 '부자'가 되고 싶다는 말보다 근사하게 느껴졌다.

'경제적 자유'를 꿈꾸며, 용기를 냈고 도전했다. 아이가 생기니 혼자
였을 때보다 더 간절하게 꿈을 이루고 싶었다. '꿈을 이루기 위해서 종
이 위에 분명하게 기록하라'는 말을 듣고 준비한 플래너에 '인간을 바
꾸는 세 가지 방법은 시간을 달리 쓰는 것, 사는 곳을 바꾸는 것, 새로
운 사람을 사귀는 것'이라는 일본 경제학자 오마에 겐이치가 『난문쾌

답」에서 했다는 말이 인용되어 있었다.

미라클모닝을 통해 똑같이 주어진 24시간을 26시간처럼 쓰게 되고, 운 좋게 마침 이사도 했다. 무엇보다 독서모임과 새벽기상 모임을 통해, 삶에 열정적이고 긍정적인 좋은 분들과 함께하고 있다. 나에게는 꿈인 것을, 이미 현실로 살고 계신 멋진 분들을 가까이에서 보니 내 꿈은 더 이상 꿈이 아니다.

5년 전에도 나는 같은 꿈을 꾸었지만, 아직 내 꿈은 현재진행형이다. 이제는 더 이상 꿈을 나중으로 미루지 않는다. 5년 전과 지금의 나는 시간, 환경, 만나는 사람이 모두 달라졌기에, 5년 후 내 꿈은 꼭 현실이 되어 있을 거라 확신한다.

더불어 좋은 분들과 함께 하는 독서모임을 통해 책을 함께 읽고 책을 쓰고 있으니, 5년 후에 꿈이 현실이 된 오늘을 살고 있는 내가 웃고 있다.

5년 후 내 모습이 궁금하다면, 요즘 어떤 사람들을 주로 만나는지, 어떤 책을 읽고 있는지 돌아보자. 그러면 5년 뒤 내 모습을 보게 될 것이다.

7.
매일 씨앗 뿌리기

(블레씽메이커 에블린)

단 몇 분이라도 매일 시간을 만들어야 한다.

매일매일 미래의 씨앗을 조금씩 뿌리자.

그래야 내가 원하는 삶을 살 수 있다.

하루 15분부터 시작해 보자.

오늘도 씨앗을 뿌리자.

내가 원하는 삶, 나의 자유를 싹틔울 씨앗을.

– 『내 상처의 크기는 사명의 크기다』송수용

돌이 채 안 된 아이를 어린이집에 보내고 복직을 했다. 눈 뜨자마자 허겁지겁 화장도 못 한 채 출근하고, 퇴근하면 정신없이 다시 아이에게 먹이고, 씻기고, 함께 놀다 아이와 같이 잠이 든다. 이런 날의 반복이었다.

엄마의 삶이 싫지는 않았지만, 엄마만 있는 하루하루는 조금씩 두려워지기 시작했다. 다들 멋진 삶, 내가 살고 싶었던 삶을 살아가는데 나만 이렇게 내가 없는 삶을 사는 듯했다. 그러다 문득, 우리 아이를 바라보니 지금 이대로의 나, 엄마여서는 안 되겠다는 생각이 들었다. 아이가 "저도 엄마처럼 되고 싶어요"라고 말해주는, 아이의 멘토가 되는 엄마가 되고 싶다는 목표가 생겼다.

그때 운 좋게 미라클여신님의 미라클 어벤져스를 만났다. 새벽기상이 다시 시작됐다. 고3 때도 하지 않던 새벽기상을 마흔 후반에, 아이를 키우는 워킹맘이 되어 하게 될 줄은 몰랐다. 청소할 시간도 없고, 좋아하는 책을 읽을 시간도 없다고 변명했었다. 화장할 시간도 없어 매일 민낯으로 출근을 하던 내가 새벽을 깨우니, 단 몇 분이 아니라 3시간이라는 귀한 시간이 생겼다. 이제는 책을 읽고 강의를 듣고 글도 쓴다. 아직 완벽하게 내가 원하는 삶은 아니다. 그래서 오늘도 나는 새벽을 깨워 씨앗을 뿌린다. 내가 그토록 원하는 삶, 나의 꿈을 싹틔울 씨앗을.

머지않은 날에 새벽에 뿌린 씨앗이 싹을 틔우고 열매를 맺게 될 것이기에 오늘도 열심히 씨를 뿌려두고, 신나게 출근한다.

8.
너는 어디로
가고 있니?

(인생언니)

마틴 루터 킹 목사가 '나에게 꿈이 있습니다.'라고 소리 높일 때, 그 말 속에는 사회의 하부 집단으로 천대받는 흑인의 현재를 넘어 미국 사회에서 당당한 역할을 담당하는 새로운 흑인의 모습이 담겨 있다. 미래에 대한 밝고 화려한 꿈이 없이 어떻게 우리는 더 나아질 수 있으며, 당당한 주역으로서 일익을 담당할 수 있겠는가?

– 『익숙한 것들과의 결별』 구본형

신랑이 승진해서 월급이 올랐으면 좋겠다. 아이들이 공부를 잘해 미래에 대한 걱정이 줄었으면 좋겠다. 얼른 경제적 자유를 얻어 신랑이 출근을 안 해도 되고 아이들과 더 많은 시간을 보낼 수 있었으면 좋겠다. 이런 소망들은 나의 비전이 될 수 있을까? 이상하게 하나씩 이루어져도 기쁨은 잠시뿐 또 다른 무엇인가 바라고 있는 나를 발견하는 것을 보면, 이것은 작은 소망일 뿐 내 인생의 비전은 아닌 듯하다.

나와 우리 가족이 나아가야 할 비전을 세우면서 나는 신랑과 많은 이야기를 해보았다. 우리는 왜 살아가는 것일까? 두 아이의 부모가 된 우리는 이제 우리의 미래를 이야기하면 자연스레 아이들의 얼굴이 떠오른다. 신기하게도 아이들의 미래를 생각하면 나의 미래를 그릴 때보다 훨씬 쉽고 더 구체적인 그림이 나온다.

우리 아이들이 커서 이끌어 가는 세상은 지금보다 밝은 세상이 되었으면 좋겠다. 서로 조금 더, 나보다는 우리를 생각할 수 있는 세상을 물려주고 싶다. 나보다는 우리 아이들이 살기 좋은 세상을 만들고 싶다는 소망이 생기자 지금 내가 해야 할 일들이 조금씩 보이기 시작한다.

쓰레기를 줄여야겠다. 맑은 공기를 주기 위해서. 플라스틱 사용을 줄여야겠다. 맑은 바다를 주기 위해서. 기름 사용도 줄여야겠다. 맑은 하늘을 주기 위해서. 경제공부를 해야겠다. 좋은 세상 만들려면 돈이 있어야지. 책을 많이 읽어야겠다. 이웃의 생각을 알기 위해서. 무엇보다 건강해야겠다. 내 아이들이 나를 필요로 할 때 옆에 있어주기 위해서. 이리 방향을 잡으니 거창하게 미래를 위한 준비가 아닌, 오늘 내가 해야 할 일이 하나씩 생긴다.

에필로그

마지막 인사는 그대들에게 바칩니다.

누구나 책을 내는 시대라지만, 누구나 책을 내지는 못합니다. 그 누구도 아닌 그대들과 함께라서 덤빌 수 있었습니다. 그대들과 함께라서 이 책이 나올 수 있었습니다. 내 이름이 새겨진 책, 아무나 가질 수 없는 첫 경험을 당신들과 함께 할 수 있어서 행복했습니다.

아홉 명의 공저자를 이끌고 책을 낸다는 것이 국자에 설탕 녹여 달고나 찍어내듯 쉬운 일이었다는 거짓말은 못 합니다. 그러나, 그 모든 과정을 제가 얼마나 신이 나서 했는지 하늘은 압니다. 그대들이 나를 달리게 했거든요. 그래서 이제 당신들과 함께라면 무서울 것이 없음도 알았습니다. 제겐 이 깨달음이 이번 공저의 가장 큰 선물이었습니다.

아직 표지도 나오지 않은 지금, 전 그대들과 함께 누릴 또 다른 기적을 꿈꾸며 설렘에 가슴이 몽글합니다. 내게 와준 미라클 북벤져스, 고맙습니다. 사랑합니다.

– 미라클여신

❧

'설마' 했습니다. 미라클여신님이라 당연히 되겠지 생각은 했지만,

내가 끝까지 같이 갈 수 있을까 걱정했습니다. 그러나 이 책과 함께 '역시'가 되었습니다.

사람을 만날 기회는 정말 많지만, 좋은 사람을 만나기는 쉽지 않습니다. 미라클어벤져스를 통해 처음 북벤져스에 들어왔을 땐 어색했고, 아는 사람들도 없었습니다. 한 달에 한 번, 북벤져스에서 책을 읽고, 많은 사람들 앞에서 제 의견을 나눔 하는 것은 저에게 큰 도전이었기에 늘 제 차례가 안 오길 바랐습니다. 미리 준비했지만, 발표만 하면 머릿속은 백지장이 됐고, 떨리는 목소리로 두서없는 발표에도 저에게 따뜻한 눈빛으로 경청해 주시고 고개 끄덕여 주시는 많은 북벤져스 멤버들의 모습에서 용기가 생겼고, 북벤져스에 오래 남고 싶다는 생각이 들었습니다. 그렇게 약 2년이 지났고, 발표도 버벅거리던 제가 여기에 글을 쓰고 있습니다.

나이, 직업, 환경, 관심사가 다른 사람들이지만, 책이라는 공통점으로 만났고, 북벤져스라는 이름으로 서로를 위하며 기적의 선물을 만들어냈습니다. 모두가 도와주지 않고, 배려해 주지 않으면 할 수 없는 10명의 공저 작업을, 다들 바쁜 생활에서도 끝까지 함께 응원해주고 다독이면서 여기까지 왔습니다. 앞에 쓴 글처럼 저의 5년 뒤 삶에도 북벤져스는 함께 할 것이고, 그 사이 북벤져스에서 어떤 기적을 또 만들어낼지 궁금해집니다.

모두의 닉네임엔 자신이 원하는 삶이 들어 있습니다. 미라클여신, 긍정러너 하야짱, 달콤솔직, 럽앤그로, 미라클흰둥이, 반빛홍, 블레씽메이커 에블린, 인생언니, 지감독 로아, 그리고 가슴설렘. 우리 모두 원하는 삶을 이루길 응원하고 기대합니다. 북벤져스인게 자랑스럽고 감사합니다.

– 가슴설렘

오늘도 새벽 4시가 좀 넘은 시간, 북벤져스 친구들과 굿모닝 인사를 시작으로 나의 일과는 시작됩니다. 이렇게 시작된 하루가 나는 참 소중합니다.

2년 전까지만 해도 매일 가족만을 걱정하며 살아왔습니다. 나 자신을 제대로 돌봐주지 않던 평범한 아줌마였습니다. 아마도 북벤져스 독서모임 친구들을 못 만났다면 그렇게 무의미하게 나이 들어가도 하나도 이상하지 않을 그런 인생을 살고 있었을 겁니다.

하지만 북벤져스 친구들을 만나면서 변화하기 시작했습니다. 가족보다는 나 자신을 조금 더 사랑하려 노력하고, 그런 나를 조금이라도 멋지게 나이 들어갈 수 있도록 응원해주는 북벤져스 친구들, 그들이 있어 난 이렇게 글을 쓰고 책을 낼 수 있는 기적을 만나게 됐습니다. 고맙습니다. 북벤져스 친구들.

– 긍정러너 하야짱

매년 늦가을 서늘한 기운이 느껴질 때면 '아, 올해도 벌써 끝나가는구나'라는 생각에 우울해지곤 했습니다. 그런 제가 같은 의미를 가진 사람들을 만나 함께 책을 읽고, 이야기를 나누며 달라졌습니다.

작가님들을 눈앞에서 만나게 되면서 꽉 막혔던 수도관이 뻥 뚫리는 듯, 내 안의 봉인되어 있던 온갖 용기들이 터져 나왔습니다.

북벤져스를 하면서 놀랍도록 성장해 있는 저를 보게 됩니다. 1년 동안 우리 멤버들과 정성을 다해 이루어 낸 이 책을 사랑합니다. 저처럼 용기를 가둬 둔 미래의 북벤져스 분들에게 이 책이 첫 번째 도미노 패가 될 수 있길 소망합니다.

– 달콤솔직

내가 누구인지 몰랐습니다. 사랑이 무엇인지 몰랐습니다. 내가 아닌 나를 나인 줄, 사랑 아닌 사랑이 사랑인 줄 알고 살았습니다. 아주 늦은 출발이었지만 내가 누구인지, 사랑이 무엇인지, 조금씩 기쁘게 알아가는 중입니다.

책을 만나고 북벤져스를 만나고 또 책을 쓰면서 글이 길이 된다는 말이 무엇인지 배워가고 있습니다. 할 수 없는 나였는데 '하고 싶으면 하게 된다'는 말을 함께라서 더 빨리 더 든든히 이룰 수 있었습니다.

공사 중인, 리모델링 전인 가옥의 민낯을 공개하는 듯해 여간 부끄럽고, 자주 하차하고 싶었습니다. 그럼에도 끝까지 붙어 있어 여기 있음을 감사합니다. 나의 오늘은 내일을 더욱 빛나게 할 추억이 되리라 믿을 수 있게 되었으니까요.

미라클여신님이 만드신 미라클한 어벤져스, 짐벤져스, 북벤져스를 통해 함께하고 마음 나눈 찐 멋진 멤버들, 자랑스러운 아홉 작가님들 감사합니다.

깊은 어둠의 장막에 바늘구멍 같은 틈이 나고 빛이 쏟아지기 시작했습니다. 살아 있음으로 너무나도 소중한 당신의 오늘에도 빛살가루들이 쏟아져 반짝이고 또 반짝이길 축복합니다.

사랑이 아닌 것들에 속지 마세요. 당신은 사랑받을 자격이 충분합니다. 감사합니다. 사랑합니다.

– 럽앤그로

⟡

치열했던 여름을 지나 가을이 되었습니다. 후덥지근했던 바람이 차갑게 느껴지고, 낙엽이 하나둘 떨어지는 가을이 되면 마음 한 곳이 허해집니다. 가을이면 공허함이 제 안에 자리 잡았습니다. 외로움이 독감처럼 마음을 훑고 지나갔습니다. 갈 곳 잃은 아이처럼 마음도 길을 잃곤 했습니다.

그런데 이번 가을은 달랐습니다. 공허함 대신 행복감이 제 마음으로 이사를 왔나 봅니다. 이 책을 쓰면서 마음이 충만해졌습니다. 삶 속에서 이런 기적들이 일어나고 있었는데 그동안 깨닫지 못했나 봅니다. 글을 쓰면서 '나는 운이 좋구나!', '나는 정말 행복한 사람이야!'라고 생각하게 되었습니다. 사람의 생각이 바뀌는 것만큼 기적적인 일은 없습니다.

북벤져스가 되지 않았다면, 북벤져스에서 책을 쓰지 않았다면, 평생 제가 맞이한 기적을 모르고 살았을 것입니다. 북벤져스를 통해 가족만큼이나 위로가 되는 9명의 친구가 생겼습니다. 가장 존경하고 사랑하는 작가님의 제자가 되었고, 미라클여신이라는 인생의 멘토가 생겼습니다. 그리고 책도 썼습니다. 이 모든 게 북벤져스 덕분입니다. 북벤져스는 기적을 필연으로 만듭니다.

자신의 삶 속에서 매일매일 작은 기적을 만들어내고, 더 행복하게 살고 싶은 분들이 이 책을 읽었으면 좋겠습니다. 당신이 기적입니다.

– 미라클흰둥이

⚜

우연찮은 기회에 소규모 독서모임에 가입하게 되었습니다. 그게 인연이 되어 우리는 함께 글을 쓰고 책을 내게 되었습니다.

저는 사실 꽤나 까칠하고 냉소적이고 시니컬한 사람입니다. 글을 쓰는 기간 내내 워킹맘으로서의 제 개인적인 삶은 늘 그래왔듯이 정신없는 하루하루의 연속이었습니다만, 우리가 함께 책을 쓰고, 다듬고, 서로 공유하는 동안 저는 제법 마음이 단단해졌고 제 자신을 틈틈이 돌볼 줄 아는 사람이 되었습니다. 함께 한다는 게 얼마나 멋지고 놀라운 일인지 온몸으로 터득하며 진짜 어른이 되었습니다.

곰에게 마늘이 있었다면, 저에게는 우리 미라클 북벤져스가 있었습니다. 지금의 경험과 감정들은 앞으로 제 인생에 수시로 등장하여 저를 어떤 상황에서도 한 발 더 내딛는 사람으로 이끌어 줄 듯합니다.

놀랍고 감동적인 여정을 끝까지 함께 해주신 우리 북벤져스!

감사하고 사랑하고 존경합니다.

– 반빛홍

❖

어릴 때 장래희망을 적는 란에 '작가'라고 종종 적었습니다. 작가가 되겠다고 학원을 기웃거린 적도 있었습니다. 현실에 안주하는 동안 그 꿈은 까맣게 잊혔습니다.

그저 늦둥이를 키우는 워킹맘이던 제가 진짜 작가가 되었습니다. 혼자였더라면 여전히 잊힌 꿈이었을텐데, 북벤져스 덕분에 그 꿈을 이루었습니다.

김춘수 님의 시 「꽃」이 생각났어요. 나에게로 와서 꽃이 되고 그에게로 가서 나도 그의 꽃이 되고 싶다고 한 것처럼, 북벤져스는 저에게 그런 꽃입니다. 손잡아 주셔서 감사합니다. 함께여서 행복합니다.

북벤져스와 함께 일상이 기적이 되는 순간들을 만난 것처럼, 이 책이 누군가에게 빛이 되고 기적을 만나는 첫걸음이 되면 좋겠습니다.

– 블레씽메이커 에블린

❖

창피하지만 종종 해야 할 일을 미룹니다. 약속 시간에 몇 분씩 늦곤 하지요. 수업 시간에도 늘 마지막에 눈치 보며 들어갑니다. 이리 부족한 저를 지적하기보다는 함께하자고 손을 내밀며 기다려 주는 사람들이 있습니다. 나 혼자라면 슬며시 나 자신에게 실망하며 포기했을 텐데 나를 믿고 지지해주는 손을 놓을 수 없어 꾸역꾸역 여기까지 오게 되었습니다.

탈고를 앞두고 쓴 글을 읽어보니 민망합니다. 혼자라면 고치고 또 고쳐도 여전히 미흡한 이야기를 세상으로 내보내는 용기는 못 냈을 것입니다. 그런데 나를 믿고 기다려 준 우리 북벤져스 친구들을 실망시킬 수 없어 끝까지 함께 가기로 하였습니다. 그리하여 제가 감히 책을 냅니다. 부족한 시작은 북벤져스와 함께라서 가능했습니다. 우리는 하루하루 또 다른 성장 이야기를 만들어 갈 것입니다. 북벤져스를 만나 행복합니다.

- 인생언니

시작은 준비도 없이 덤빈 겁 없는 도전이었습니다. 작가라 책을 쓰는 게 아니라 책을 쓰며 작가가 되더라는 말처럼, 막연한 조각들로 시작한 퍼즐을 완성했습니다. 성장을 향한 욕심에 비해 계속하는 끈기도, 불같은 열정도 부족하지만 북벤져스가 있어 끝까지 함께 할 수 있었습니다. 세상과 환경을 탓하며 불평과 체념에서 절망하다 비상구를 찾았고, 방황하던 삶의 조각들은 기록이 되었습니다. 수없이 다듬어도 보이기 쑥스러운 어설픔이지만 용기를 내었습니다. 미라클여신님의 마음과 수고가 있었기에 가능했습니다. 어둑한 길을 홀로 걷다 오래도록 동행하고 싶은 좋은 벗 북벤져스를 만나 든든합니다. 감사합니다.

- 지감독 로아

손성아 (미라클여신)

한 직장에서 25년. 여기다 뼈 묻어야 하는 줄 알고 삽질하다 2년 전 책 한 권에 제대로 뼈를 맞췄다. 덕분에 미라클여신으로 환골탈태, 앞으로 25년은 기적을 만드는 여신으로 살아보려 작정 중이다. 구수한 진국을 단박에 알아보고 겁 없이 들이대는 장기가 있어 주위에 정 헤픈 고수들이 그득하다. 집으로 끌고 와 밥 먹이기 좋아하는 돈 안 들고 번거로운 취미를 즐기는 덕에 직접 끓인 감자탕이 냉동실에 상시 대기 중이란다. 음주가무에 능하고 터프한 드라이버이나, 드라마 한 편에 수십 번을 우는, 여러모로 반전 넘치는 여인네. 왜 이제야 나타났냐고 땅 치는 사람 많이 봤다. 부캐명을 너무 잘 지은 덕에 뭘 하든 이름값 하려 용쓰느라 가끔은 고달프지만, 이름대로 된다는 걸 증명해 보이고 싶다.

문솔미 (가슴설렘)

새로운 경험과 사람, 여행을 좋아하여 전 세계를 여행하며 지구별 여행자로 행복하게 살아왔다. 몇 년 전 경제적, 정신적으로 큰일을 겪고 어둠 속에서 나오지 못하던 중 우연히 블로그를 통해 미라클여신님을 기적처럼 알게 되었다. 덕분에 북벤져스를 알게 되고 '가슴설렘'이란 부캐도 만들게 되면서 가슴 설레는 삶을 살기 위해 노력 중이다.

하순자 (긍정러너 하야짱)

13년 전부터 명동에서 상품권 판매업을 하며 쉬는 날 없이 일만 하면서 달려왔다. 어느 날 문득 이렇게 일만 하다가 죽을 수도 있겠다는 생각에 매장을 맡기고 나와 50 평생 안 해본 것들을 해보면서 살고 있다. 미라클모닝, 독서, 운동, 글쓰기, 나의 인생은 도전하는 삶으로 변했다. 이 모든 건 북벤져스의 힘이다.

좌윤진 (달콤솔직)

할머니가 부르던 애칭 '백김치' 같이 심심하고 담백하게 살던 나였다. 북벤져스 멤버가 되면서부터 보다 달콤하고 보다 솔직하게 인생을 살고 싶다는 마음이 생겼다. 좋은 책과 아이들을 사랑한다. 매일 매일 설레고, 빛나고, 용감한 내가 되길 바란다.

윤성진 (럽앤그로)

아이 셋 워킹맘, 초보 캘리그라퍼. 늦둥이 셋째를 낳고 산후 우울로 몸부림하던 중 북벤져스를 만나 타인이라는 지옥, '나'라는 감옥을 벗어나고 있다. 행복한 일상으로의 여행이 날마다 기적인 듯하다.

이수경 (미라클흰둥이)

평생 책과 가깝게 지낸다 생각했는데, 북벤져스를 만나고 일상이 기적이 되는, 진짜 독서를 하고 있다. 날마다 모든 면에서 점점 더 좋아지고 있다. 저스트 흰둥이었던 나는 이제 미라클한 흰둥이가 되었다.

홍지연 (반빛홍)

반짝반짝 빛나는 별이 되고 싶은 워킹맘. 대학에서 사회복지를 전공했고 사회복지사로 17년째 근무 중이다. 오늘도 사람을 사랑하고, 사람을 살리는 진짜 사회복지사가 되기 위해 책을 읽고, 글을 쓴다. 나의 부족한 글들이 누군가의 마음에 작은 울림과 사랑으로 전달되길 진심으로 바라고 기도한다.

황선영 (블레씽메이커 에블린)

마흔셋, 엄마가 되고 아이와 함께 성장하고 있는 워킹맘이다. 나를 잃은 기분이 들던 어느 날 북벤져스를 만나, 책을 읽으며 육아는 축복임을 알게 됐다. 꿈을 잃고 나를 잃은 육아맘들께 희망이 되는 블레씽메이커가 되고 싶다.

최윤영 (인생언니)

인생에 꽃을 피울 나이를 말 안 통하는 나라에서 적성 안 맞는 숫자랑 생활했던 전직 회계사. 지금은 위풍당당 세 살, 다섯 살 여아를 키우는 열혈 엄마. 산후 우울증에 걸려 허덕이다 북벤져스를 만나 기적을 경험한다.

천은정 (지감독 로아)

말이라는 바람에 쉽게 흔들리는 갈대며, 흩어진 인생 조각모음 중인 직장인이며, 슬픔이 지나가고 기쁨이 올 때까지 주먹 불끈 쥐고 나아가는 긍정바라기다. 소소한 일상에 글과 그림을 더하니 인생이 점점 더 재밌다. 지성감성다독이 로아가 발견한 일상의 위로와 따뜻함을 나누고 싶다.

일상혁명

발행일 1쇄 2021년 12월 26일

지은이 손성아 · 문솔미 · 하순자 · 좌윤진 · 윤성진
이수경 · 홍지연 · 황선영 · 최윤영 · 천은정
펴낸이 여국동

펴낸곳 도서출판 인간사랑
출판등록 1983. 1. 26. 제일 – 3호
주소 경기도 고양시 일산동구 백석로 108번길 60 – 5 2층
물류센타 경기도 고양시 일산동구 문원길 13 – 34(문봉동)
전화 031)901 – 8144(대표) | 031)907 – 2003(영업부)
팩스 031)905 – 5815
전자우편 igsr@naver.com
페이스북 http://www.facebook.com/igsrpub
블로그 http://blog.naver.com/igsr
인쇄 인성인쇄 **출력** 현대미디어 **종이** 세원지업사

ISBN 978 – 89 – 7418 – 858 – 0 03810